A

Maigret
Band M 41

Georges Simenon, geboren 1903 im belgischen Lüttich, gestorben 1989 in Lausanne, gilt als der »meistgelesene, meistübersetzte, meistverfilmte, mit einem Wort: der erfolgreichste Schriftsteller des 20. Jahrhunderts« *(Die Zeit)*. Seine erstaunliche literarische Produktivität (75 Maigret-Romane, über 117 weitere Romane), viele Ortswechsel, zwei Ehen und unzählige Frauen bestimmten sein Leben. Rastlos bereiste er die Welt, immer auf der Suche nach dem, »was bei allen Menschen gleich ist«. Das macht seine Bücher bis heute so zeitlos.

Georges Simenon

Maigret und der Mann auf der Bank

Roman

Aus dem Französischen von Hansjürgen Wille, Barbara Klau und Mirjam Madlung

Atlantik

Die französische Originalausgabe erschien 1953 unter dem Titel
Maigret et l'homme du banc im Verlag Presses de la Cité, Paris.
Die deutsche Erstausgabe erschien 1954 im Verlag
Kiepenheuer & Witsch, Köln.
Die Übersetzung wurde für die vorliegende Ausgabe
von Mirjam Madlung grundlegend überarbeitet.

FSC www.fsc.org MIX Papier | Fördert gute Waldnutzung FSC® C014496

Atlantik ist ein Imprint des
Hoffmann und Campe Verlags, Hamburg.

2. Auflage 2024

www.hoffmann-und-campe.de
Umschlaggestaltung: © Rothfos & Gabler, Hamburg
Umschlagabbildung: © Birgit Tyrrell/Arcangel
Satz: Tristan Walkhoefer, Leipzig
Gesetzt aus der Stempel Garamond und der Ano
Druck und Bindung: GGP Media GmbH, Pößneck
ISBN 978-3-455-00746-6

HOFFMANN
UND CAMPE

Ein Unternehmen der
GANSKE VERLAGSGRUPPE

1

Die gelben Schuhe

Maigret konnte sich das Datum leicht merken, denn es war der Geburtstag seiner Schwägerin, der 19. Oktober. Außerdem war es ein Montag, auch daran musste er denken, denn montags bringen sich die Leute selten gegenseitig um, wie man am Quai des Orfèvres wusste. Und schließlich war es die erste Ermittlung in diesem Jahr, die schon ein wenig nach Winter schmeckte.

Den ganzen Sonntag war ein feiner, kühler Regen gefallen. Die Dächer und das Pflaster glänzten schwarz vor Nässe, und durch die Fensterritzen schien ein gelblicher Nebel hereinzudringen, sodass Madame Maigret gesagt hatte:

»Es wird Zeit, dass ich die Fenster abdichten lasse.«

Seit mindestens fünf Jahren versprach Maigret in jedem Herbst, »am nächsten Sonntag« die Dichtungen anzubringen.

»Du solltest lieber deinen dicken Mantel anziehen.«

»Wo ist er?«

»Ich hole ihn dir.«

Um halb neun am Morgen brannte noch Licht in den Wohnungen. Maigrets Mantel roch nach Mottenpulver.

Es hatte zwar tagsüber nicht mehr geregnet, aber die Luft war noch feucht, sodass das Pflaster nicht trocknen konnte und sich besonders dort, wo viele Menschen gingen, ein dunkler Film gebildet hatte. Gegen vier Uhr nachmittags, kurz vor Anbruch der Dämmerung, legte sich derselbe gelbliche Nebel wie am Morgen auf Paris und umhüllte den Schein der Straßenlaternen und Schaufenster.

Weder Lucas noch Janvier noch der kleine Lapointe waren im Büro gewesen, als das Telefon geklingelt hatte. Santoni, ein Korse, der nach zehn Jahren im Glücksspiel- und im Sittendezernat neu in der Abteilung war, hatte abgehoben.

»Chef, für Sie. Es ist Inspektor Neveu aus dem 3. Arrondissement. Er möchte Sie persönlich sprechen. Scheint dringend zu sein.«

Maigret hatte den Hörer entgegengenommen:

»Was gibt's, mein Lieber?«

»Ich rufe aus einem Bistro am Boulevard Saint-Martin an. Hier wurde eben ein Mann tot aufgefunden. Erstochen.«

»Auf dem Boulevard?«

»Nein, nicht direkt. In einer Art Sackgasse.«

Neveu, ein alter Hase in seinem Beruf, hatte sofort erraten, was Maigret dachte. Messerstechereien, vor allem in einem Arbeiterviertel, waren selten interessant. Oft handelte es sich um eine Schlägerei zwischen Betrunkenen oder um eine Abrechnung zwischen Leuten aus dem Milieu, Spaniern oder Nordafrikanern.

Neveu beeilte sich deshalb hinzuzufügen:

»Die Sache erscheint mir merkwürdig. Am besten, Sie kommen vorbei. Es ist zwischen dem großen Juweliergeschäft und dem Geschäft für Kunstblumen.«

»Ich komme.«

Zum ersten Mal nahm der Kommissar in dem kleinen schwarzen Auto der Kriminalpolizei Santoni mit, und der starke Parfumgeruch, den der Inspektor verströmte, störte ihn. Santoni war klein und trug Schuhe mit ziemlich hohen Absätzen. Sein Haar glänzte pomadig, und am Ringfinger funkelte ein großer, wahrscheinlich falscher Diamant.

Die Fußgänger waren im Dunkel nur schemenhaft zu erkennen, ihre Schritte klackten auf dem Asphalt. Etwa dreißig Menschen hatten sich am Boulevard Saint-Martin auf dem Gehweg versammelt. Zwei Polizisten in Pelerinen hinderten sie am Weitergehen. Neveu, der schon wartete, öffnete den Wagenschlag.

»Ich habe den Arzt gebeten hierzubleiben, bis Sie kommen.«

Zu dieser Tageszeit herrschte auf dem belebten Teil der Grands Boulevards der meiste Verkehr. Die große Uhr mit dem Leuchtzifferblatt über dem Juweliergeschäft zeigte zwanzig nach fünf. Das Kunstblumengeschäft hingegen hatte nur ein Schaufenster und war schlecht beleuchtet, wirkte trübe und verstaubt. Man fragte sich, ob jemals jemand dort eintrat.

Zwischen den beiden Geschäften lag eine Sackgasse, so schmal, dass sie kaum auffiel. Es war nur ein unbeleuchteter Durchgang zwischen den Hauswänden und führte wahrscheinlich in einen Hof, von denen es in dem Viertel viele gab.

Neveu bahnte einen Weg für Maigret. Drei oder vier Meter entfernt im Dunkel der Sackgasse standen einige Männer und warteten. Zwei von ihnen hatten Taschenlampen dabei. Erst aus der Nähe konnte man die Gesichter erkennen.

Es war kälter und feuchter als auf dem Boulevard, und es herrschte ein permanenter Luftzug. Ein Hund, der sich nicht verscheuchen ließ, schlüpfte zwischen ihren Beinen hindurch.

Vor der feuchten Hauswand lag ein Mensch der Länge nach auf dem Bauch. Der eine Arm war unter ihm, während der andere ausgestreckt mit der blassen Hand den Durchgang fast versperrte.

»Tot?«

Der Arzt aus dem Viertel nickte:

»Er muss sofort tot gewesen sein.«

Wie um diese Worte zu unterstreichen, glitt der Lichtkreis einer Taschenlampe über die Leiche und hob das Messer, das noch im Rücken steckte, auf unheimliche Weise hervor. Die andere Lampe beleuchtete ein Halbprofil, ein offenes Auge, eine Wange, die sich das Opfer beim Fallen aufgeschürft hatte.

»Wer hat ihn entdeckt?«

Einer der Polizisten in Uniform schien nur auf diesen Augenblick gewartet zu haben und trat vor. Seine Züge waren kaum zu erkennen. Er war jung und etwas aufgeregt.

»Ich habe meine Runde gemacht. Dabei werfe ich gewöhnlich einen Blick in alle Sackgassen. Es gibt ja immer Leute, die im Dunkeln irgendwelche Schweinereien treiben. Und da sah ich eine Gestalt auf der Erde liegen. Im ersten Moment dachte ich, es ist ein Betrunkener.«

»War er schon tot?«

»Ja, ich glaube schon. Aber der Körper war noch warm.«

»Um welche Zeit war das?«

»Viertel vor fünf. Ich habe nach einem Kollegen gepfiffen und dann sofort die Wache angerufen.«

Neveu fiel ihm ins Wort:

»Ich habe den Anruf entgegengenommen und mich gleich auf den Weg gemacht.«

Das Polizeikommissariat des Viertels lag einen Katzensprung entfernt, in der Rue Notre-Dame de Nazareth.

»Ich habe dem Kollegen gesagt, er soll den Arzt benachrichtigen«, fuhr Neveu fort.

»Hat irgendjemand etwas gehört?«

»Nicht dass ich wüsste.«

Ein Stück weiter hinauf in der Gasse war eine Tür zu erkennen, schwach beleuchtet von einer Lampe darüber.

»Wohin führt diese Tür?«

»Ins Büro des Juweliers. Sie wird nur selten benutzt.«

Die Leute vom Erkennungsdienst, die Maigret noch benachrichtigt hatte, bevor er am Quai des Orfèvres aufgebrochen war, erschienen mit ihren Fotoapparaten und Gerätschaften. Wie alle Techniker kümmerten sie sich nur um ihre Aufgabe und stellten keine Fragen. Ihre einzige Sorge war, wie sie in dem engen Gang arbeiten sollten.

»Was befindet sich dahinten im Hof?«, fragte Maigret.

»Nichts. Mauern. Eine Tür, schon seit Langem abgesperrt. Sie führt zu einem Haus in der Rue Meslay.«

Offensichtlich war der Mann nach ein paar Schritten in die Gasse von hinten erstochen worden. Jemand musste ihm leise gefolgt sein, und die

Passanten, die der Menschenstrom auf dem Boulevard vorübertrieb, hatten nichts bemerkt.

»Ich habe diese Brieftasche bei ihm gefunden.«

Neveu reichte sie Maigret. Einer der Männer vom Erkennungsdienst leuchtete sofort unaufgefordert mit seiner Taschenlampe darauf. Ihr Licht war viel stärker als das des Inspektors.

Die Brieftasche war nicht bemerkenswert, weder neu noch stark abgenutzt, und von guter Qualität. Sie enthielt drei Tausendfranc- und einige Hundertfrancscheine sowie einen Personalausweis, ausgestellt auf *Louis Thouret, Lagerverwalter, Juvisy, Rue des Peupliers 37*. Außerdem befanden sich darin ein Wahlschein mit demselben Namen, ein Blatt Papier, auf dem fünf oder sechs mit Bleistift geschriebene Worte standen, und das sehr alte Foto eines kleinen Mädchens.

»Können wir anfangen?«

Maigret nickte. Blitzlicht flammte auf, der Auslöser klickte. Immer mehr Menschen versammelten sich vor dem Eingang zur Gasse, und die Polizei hatte Mühe, sie in Schach zu halten.

Nachdem die Aufnahmen gemacht waren, zogen die Leute vom Erkennungsdienst behutsam das Messer heraus, legten es in eine spezielle Schachtel und drehten die Leiche um. Man erkannte das Gesicht eines Mannes zwischen vierzig und fünfzig, in dem sich nichts als das pure Erstaunen spiegelte.

Er hatte nicht begriffen, was mit ihm geschah, und er war gestorben, ohne es zu begreifen. Die Überraschung in seinem Gesicht hatte etwas so Kindliches, so wenig Tragisches, dass einer der Männer dort im Dunkel unwillkürlich auflachen musste.

Der Tote war sauber und anständig gekleidet. Er trug einen dunklen Anzug, einen beigefarbenen Übergangsmantel und an seinen seltsam verrenkten Füßen gelbe Schuhe, die schlecht zur Stimmung dieses Tages passten.

Bis auf die Schuhe wirkte er so unauffällig, dass ihn niemand auf der Straße oder einer der zahlreichen Terrassen am Boulevard beachtet hätte. Der Polizist, der ihn gefunden hatte, sagte allerdings:

»Ich habe ihn schon einmal gesehen.«

»Wo?«

»Das kann ich nicht sagen. Aber das Gesicht ist mir irgendwie vertraut. Einer der Menschen, die einem täglich begegnen, die man aber nicht weiter beachtet.«

Neveu stimmte zu:

»Mir kommt er auch bekannt vor. Wahrscheinlich hat er hier im Viertel gearbeitet.«

Aber das erklärte nicht, was Louis Thouret in dieser Gasse, die nirgendwohin führte, gewollt hatte. Maigret wandte sich an Santoni, weil dieser lange bei der Sitte gewesen war. Es gibt nämlich vor allem in diesem Viertel eine ganze Reihe von Sonderlingen, die allen Grund haben, sich abseitszuhalten. Manchmal sind es Leute, die eine wichtige Position bekleiden. Von Zeit zu Zeit ertappt man sie, doch kaum sind sie frei, fangen sie wieder von vorn an.

Aber Santoni schüttelte den Kopf.

»Nie gesehen.«

Daraufhin sagte Maigret entschieden:

»Gut, machen Sie weiter, Messieurs. Wenn Sie fertig sind, soll er ins Gerichtsmedizinische Institut gebracht werden.«

Und zu Santoni:

»Wir statten seiner Familie einen Besuch ab, falls er eine hat.«

Wäre es eine Stunde später gewesen, hätte er sich vermutlich nicht selbst nach Juvisy begeben. Aber nun hatte er den Wagen noch zur Verfügung. Zudem weckte gerade die besondere Banalität dieses Mannes und auch sein Beruf Maigrets Neugier.

»Nach Juvisy.«

Sie hielten für einen Moment bei der Porte d'Italie, um in einem Bistro schnell ein Bier zu trinken. Dann ging es auf die Landstraße, mit den Lichtern der Scheinwerfer und den schweren Lastwagen, die sie einen nach dem anderen überholten.

In Juvisy schließlich erkundigten sie sich am Bahnhof nach der Rue des Peupliers. Sie mussten fünf Personen fragen, bevor sie die richtige Auskunft erhielten.

»Die ist dahinten, in der Siedlung. Sie müssen auf die Schilder achten. Die Straßen sehen alle gleich aus. Sie sind nach Bäumen benannt.«

Sie fuhren an dem riesigen Rangierbahnhof vorbei, wo unaufhörlich lange Züge von einem aufs andere Gleis verschoben wurden. Zwanzig Lokomotiven stießen Dampf aus, pfiffen und keuchten. Die Waggons knallten dumpf aneinander. Zur Rechten erstreckte sich ein neues Viertel, ein Gitternetz aus ganz geraden Straßen, die von elektrischen Lampen beleuchtet waren. Hunderte, vielleicht Tausende kleiner Häuser standen dort, alle gleich groß, alle in derselben Bauweise. Die gewichtigen Bäume, nach denen die Straßen benannt waren, waren noch nicht herangewachsen, die Gehwege stellenweise nicht gepflastert. Überall sah man dunkle Löcher und hier und da unbebautes Gelände, während sich anderswo kleine Gärten zeigten, in denen letzte Blumen verblühten.

Rue des Chênes … Rue des Lilas … Rue des Hêtres … Eiche, Flieder, Buche … Vielleicht würde die Gegend eines Tages wie ein großer Park aussehen, wenn die billig gebauten Häuser, die aus einem Baukasten zu stammen schienen, nicht schon verfielen, bevor die Bäume ihre normale Größe erreicht hatten.

Hinter den Küchenfenstern bereiteten Frauen das Abendessen vor. Die Straßen waren verlassen. Nur hier und da gab es Geschäfte, aber auch die wirkten sehr neu und wie von Amateuren betrieben.

»Biege hier mal links ab.«

Sie fuhren zehn Minuten im Kreis herum, bis sie auf einem blauen Straßenschild den gesuchten Namen lasen. Dann verpassten sie zunächst die Nummer 37, denn sie folgte gleich auf Nummer 21. Nur im Erdgeschoss brannte Licht. Es war die Küche. Hinter der Gardine sah man eine recht stattliche Frau hin und her gehen.

»Also los«, seufzte Maigret und zwängte sich nicht ohne Mühe aus dem kleinen Auto.

Er klopfte seine Pfeife am Schuhabsatz aus. Als er den Gehweg überquerte, bewegte sich die Gardine, und das Gesicht einer Frau tauchte am Fenster auf. Sie schien es nicht gewohnt zu sein, dass bei ihr gleich gegenüber ein Auto hielt. Maigret stieg die drei Stufen hinauf. Die Tür war aus lackiertem Pitchpineholz und hatte zwei schmiedeeisern vergitterte Fenster aus dunkelblauem Glas. Er suchte noch nach dem Klingelknopf, als von drinnen jemand rief:

»Wer ist da?«

»Madame Thouret?«

»Das bin ich.«

»Ich möchte Sie sprechen.«

Sie zögerte noch, zu öffnen.

»Polizei«, fügte Maigret halblaut hinzu.

Daraufhin löste sie die Kette und entriegelte die Tür. Durch einen Spalt, der nur einen Teil ihres Gesichts erkennen ließ, musterte sie die beiden Männer, die auf der Schwelle standen.

»Was wollen Sie?«

»Ich muss Sie sprechen.«

»Was beweist mir, dass Sie von der Polizei sind?«

Es war reiner Zufall, dass Maigret seine Marke in der Tasche hatte. Meistens ließ er sie zu Hause. Er hielt sie ins Licht.

»Gut. Scheint echt zu sein.«

Sie durften eintreten. Der Flur war eng, die Wände weiß gestrichen, Leisten und Türen aus lackiertem Holz. Die Küchentür stand noch offen. Die Frau führte sie in ein angrenzendes Zimmer und schaltete das Licht ein.

Sie war etwa so alt wie ihr Mann, aber stattlicher als er, ohne dick zu wirken. Sie war kräftig gebaut und hatte straffe Haut. Das graue Kleid mit Schürze, die sie mechanisch abnahm, ließ sie nicht milder wirken.

Es war ein rustikal eingerichtetes Esszimmer, das wohl auch als Wohnraum diente. Die Möbel waren aufgestellt wie in einem Schaufenster oder im Lager eines Möbelhändlers. Nichts lag herum, keine Pfeife, keine Zigarettenschachtel, keine Handarbeit, keine Zeitung. Nichts ließ darauf schließen, dass hier Menschen einen Teil ihres Lebens verbrachten. Die Frau bot ihnen nicht an, sich zu setzen. Stattdessen sah sie auf die Schuhe der beiden Männer, als wollte sie prüfen, ob sie das Linoleum beschmutzten.

»Ich höre.«

»Ihr Mann heißt Louis Thouret?«

Mit zusammengezogenen Brauen versuchte sie den Sinn des Besuchs zu erraten und nickte stumm.

»Er arbeitet in Paris?«

»Er ist stellvertretender Direktor bei Kaplan & Zanin in der Rue de Bondy.«

»War er je als Lagerverwalter tätig?«

»Früher einmal, ja.«

»Ist das lange her?«

»Einige Jahre. Schon damals hat eigentlich er die Firma geführt.«

»Haben Sie vielleicht ein Foto von ihm?«

»Wofür?«

»Ich möchte mich vergewissern …«

»In welcher Hinsicht vergewissern?«

Ihr Argwohn wuchs.

»Ist Louis etwas zugestoßen?«

Unwillkürlich warf sie einen Blick auf die Uhr in der Küche nebenan, als überlegte sie, wo er zu dieser Stunde sein konnte.

»Ich möchte mich vergewissern, ob es sich wirklich um seine Person handelt.«

»Auf dem Buffet«, sagte sie.

Fünf oder sechs Fotos in Metallrahmen standen dort. Eines zeigte ein junges Mädchen und ein anderes den erstochenen Mann in der Sackgasse. Er war darauf viel jünger und schwarz gekleidet.

»Ist Ihnen bekannt, ob Ihr Mann Feinde hat?«

»Warum sollte er Feinde haben?«

Sie ging kurz in die Küche und drehte das Gas ab, denn auf dem Herd köchelte irgendetwas.

»Wann kommt er gewöhnlich von seiner Arbeit zurück?«

»Er nimmt immer denselben Zug an der Gare de Lyon, um sechs Uhr zweiundzwanzig. Unsere Tochter kommt mit dem späteren Zug. Sie arbeitet etwas länger, sie hat eine Vertrauensstellung und …«

»Ich muss Sie leider bitten, uns nach Paris zu begleiten.«

»Ist Louis tot?«

Sie sah die beiden Männer fest an, mit dem Blick einer Frau, die nicht erträgt, dass man sie belügt.

»Sagen Sie mir die Wahrheit.«

»Er ist heute Nachmittag ermordet worden.«

»Wo?«

»In einer Sackgasse am Boulevard Saint-Martin.«

»Was hat er da gemacht?«

»Das weiß ich nicht.«

»Wann war das?«

»Vermutlich um kurz nach halb fünf.«

»Um halb fünf ist er bei Kaplan. Haben Sie mit denen gesprochen?«

»Dazu war noch keine Zeit. Wir wussten im Übrigen nicht, wo er gearbeitet hat.«

»Wer hat ihn ermordet?«

»Das versuchen wir herauszufinden.«

»War er allein?«

Maigret wurde ungeduldig.

»Es wäre besser, Sie ziehen sich an und kommen mit uns.«

»Was hat man mit ihm gemacht?«

»Er wird mittlerweile in die Gerichtsmedizin gebracht worden sein.«

»Ist das die Leichenhalle?«

Was sollte er darauf antworten?

»Wie kann ich meiner Tochter Bescheid sagen?«

»Sie könnten ihr eine Nachricht hinterlassen.«

Sie dachte einen Augenblick nach.

»Nein«, sagte sie dann, »wir fahren bei meiner Schwester vorbei, und ich gebe ihr den Schlüssel. Sie soll dann herkommen und hier auf Monique warten. Müssen Sie meine Tochter auch sprechen?«

»Das empfiehlt sich.«

»Wo soll sie uns treffen?«

»In meinem Büro am Quai des Orfèvres, das ist am einfachsten. Wie alt ist sie?«

»Zweiundzwanzig.«

»Können Sie Ihre Tochter nicht anrufen?«

»Wir haben kein Telefon. Außerdem ist sie jetzt nicht mehr im Büro, sondern schon unterwegs zum Bahnhof. Warten Sie bitte einen Augenblick.«

Sie ging die Treppe hinauf. Die Stufen knarrten, allerdings nicht, weil das Holz alt, sondern weil es zu dünn war.

Das ganze Haus machte den Eindruck, aus billigem Material erbaut zu sein, das vermutlich nicht sehr haltbar war.

Die beiden Männer sahen einander an, während sie die Frau über ihren Köpfen hin und her gehen hörten. Bestimmt zog sie sich ein schwarzes Kleid an, und wahrscheinlich frisierte sie sich noch einmal. Als sie wieder herunterkam, wechselten sie erneut einen Blick: Sie hatten recht gehabt. Sie trug bereits Trauer und duftete nach Eau de Cologne.

»Ich muss noch das Licht ausmachen und den Zähler abschalten. Wenn Sie draußen warten wollen …«

Sie zögerte, in das kleine Auto zu steigen, als zweifelte sie daran hineinzupassen. Aus dem Nachbarhaus wurden sie von jemand beobachtet.

»Meine Schwester wohnt zwei Straßen von hier. Der Chauffeur muss nur rechts abbiegen; dann gleich die zweite Straße links.«

Die beiden Häuschen glichen einander wie Zwillinge. Nur die Farbe der kleinen Fenster an der

Eingangstür war verschieden. Diese hier waren aprikosengelb.

»Ich bin gleich wieder da.«

Sie blieb doch fast eine Viertelstunde fort und kam in Begleitung einer Frau zurück, die haargenau so aussah wie sie und ebenfalls schwarz gekleidet war.

»Meine Schwester kommt mit. Ich dachte, wir könnten ein bisschen zusammenrücken. Mein Schwager wird bei mir zu Hause auf meine Tochter warten. Er ist Zugschaffner und hat heute frei.«

Maigret setzte sich neben den Schaffner. Die beiden Frauen hinten ließen nur sehr wenig Platz für Inspektor Santoni. Von Zeit zu Zeit hörte man sie flüstern wie im Beichtstuhl.

Als sie das Gerichtsmedizinische Institut unweit vom Pont d'Austerlitz erreichten, lag Louis Thourets Leichnam noch bekleidet auf einer Steinplatte, wie Maigret es angeordnet hatte. Während der Kommissar das Gesicht abdeckte, beobachtete er die beiden Frauen, die er jetzt zum ersten Mal im vollen Licht sah. Eben noch, im Dunkel der Straße, hatte er sie für Zwillinge gehalten. Nun erkannte er, dass die Schwester drei oder vier Jahre jünger sein musste. Ihr Körper hatte sich eine gewisse Geschmeidigkeit bewahrt, vermutlich nicht mehr für lange.

»Erkennen Sie ihn wieder?«

Madame Thouret hielt ihr Taschentuch in der Hand, weinte aber nicht. Ihre Schwester hatte sie untergefasst, wie um sie zu stützen.

»Ja, er ist es, mein armer Louis. Als er mich heute Morgen verließ, hat er nicht geahnt …«

Und unvermittelt fügte sie hinzu:

»Werden ihm denn nicht die Augen geschlossen?«

»Das können Sie jetzt tun.«

Sie sah ihre Schwester an, und sie schienen einander zu fragen, wer von ihnen beiden es auf sich nehmen sollte. Schließlich tat es die Ehefrau, nicht ohne Feierlichkeit, wobei sie murmelte:

»Armer Louis.«

Kurz darauf bemerkte sie die Schuhe, die unter dem Tuch, mit dem der Leichnam zugedeckt war, hervorragten, und ihr Gesicht verfinsterte sich:

»Was ist das denn?«

Maigret begriff nicht gleich.

»Wer hat ihm die Schuhe da angezogen?«

»Er trug sie, als er gefunden wurde.«

»Das ist nicht möglich. Louis trug keine gelben Schuhe. Jedenfalls nicht in den sechsundzwanzig Jahren unserer Ehe. Er wusste, dass ich das nie geduldet hätte. Sieh doch bloß, Jeanne.«

Jeanne nickte nur.

»Vielleicht sollten Sie überhaupt prüfen, ob die Kleidungsstücke, die er trägt, seine sind. Es ist doch Ihr Mann?«

»Ohne Zweifel. Aber das sind nicht seine Schuhe. Schließlich putze ich seine Schuhe jeden Tag, ich werde sie wohl kennen. Heute Morgen hatte er seine schwarzen an, die mit der doppelten Sohle, die er zur Arbeit trägt.«

Maigret zog das Tuch ganz zurück.

»Ist das sein Mantel?«

»Ja.«

»Sein Anzug?«

»Ja, auch sein Anzug. Aber nicht seine Krawatte. Eine so grelle hätte er nie getragen. Die da ist ja knallrot.«

»Führte Ihr Mann ein geregeltes Leben?«

»Ein geregelteres kann man sich gar nicht vorstellen; meine Schwester wird es Ihnen bestätigen. Morgens stieg er an der Straßenecke in den Bus zum Bahnhof, wo er den Zug um acht Uhr siebzehn nahm. Er fuhr immer zusammen mit Monsieur Beauduin, unserem Nachbarn. Der ist beim Finanzamt. An der Gare de Lyon nahm er die Metro und fuhr bis zur Station Boulevard Saint-Martin.«

Der Beamte des Gerichtsmedizinischen Instituts machte Maigret ein Zeichen. Dieser führte daraufhin die beiden Frauen zu einem Tisch, auf dem der Inhalt der Taschen des Toten ausgebreitet war.

»Sie erkennen diese Dinge wieder?«

Da lagen eine silberne Taschenuhr mit Kette, ein

Taschentuch ohne Monogramm, ein angebrochenes Päckchen Gauloises, ein Feuerzeug, ein Schlüssel und neben der Brieftasche zwei kleine blaue Karten.

Sofort richtete Madame Thouret ihren Blick auf diese Karten.

»Kinokarten«, sagte sie.

Nachdem Maigret die Karten eingehend betrachtet hatte, sagte er:

»Sie stammen von einem Kino am Boulevard Bonne-Nouvelle. Wenn ich richtig sehe, gelten sie für heute.«

»Das kann nicht sein. Was sagst du dazu, Jeanne?«

»Mir kommt es seltsam vor«, erwiderte die Schwester ruhig.

»Würden Sie einen Blick in seine Brieftasche werfen?«

Sie tat es, und erneut verdüsterte sich ihr Gesicht.

»So viel Geld hatte Louis heute Morgen nicht bei sich.«

»Wissen Sie das genau?«

»Ich prüfe jeden Tag, ob er Geld in seiner Brieftasche hat. Es ist nie mehr als ein Tausendfrancschein und zwei oder drei Hunderter darin.«

»Er durfte nichts davon nehmen?«

»Wir sind doch nicht am Monatsende!«

»Er hatte also, wenn er abends zurückkam, denselben Betrag in der Brieftasche wie am Morgen?«

»Abzüglich der Kosten für Metro und Zigaretten. Für die Bahn hat er ein Abonnement.«

Sie zögerte, die Brieftasche einzustecken.

»Sie brauchen sie wohl noch?«, fragte sie.

»Bis auf Weiteres, ja.«

»Am wenigsten verstehe ich, dass man ihm andere Schuhe angezogen und eine andere Krawatte umgebunden hat. Und dass er sich zu der Zeit, als das passierte, nicht im Geschäft befand.«

Maigret ging nicht darauf ein, sondern legte ihr die Formulare zur Unterschrift vor.

»Fahren Sie jetzt wieder nach Hause?«

»Wann wird die Leiche freigegeben?«

»Wahrscheinlich in ein oder zwei Tagen.«

»Wird eine Autopsie gemacht?«

»Wenn der Untersuchungsrichter sie anordnet. Das ist noch nicht sicher.«

Sie sah auf ihre Uhr.

»In zwanzig Minuten geht ein Zug«, sagte sie zu ihrer Schwester, und zu Maigret:

»Könnten Sie uns am Bahnhof absetzen?«

»Willst du nicht noch auf Monique warten?«, fragte die Schwester.

»Sie wird schon allein nach Hause kommen.«

Sie fuhren den Umweg über die Gare de Lyon. Dann betrachteten Maigret und Santoni die beiden Gestalten, die fast gleich aussahen und die Steinstufen hinaufstiegen.

»Die ist zäh«, brummte Santoni. »Der arme Kerl hat bestimmt nichts zu lachen gehabt.«

»Jedenfalls nicht bei ihr.«

»Was halten Sie von der Geschichte mit den Schuhen? Wären sie neu, wär's nicht weiter verwunderlich. Er hätte sie eben heute erst gekauft.«

»Das hätte er nicht gewagt. Hast du nicht gehört, was sie gesagt hat?«

»Auch eine auffällige Krawatte hätte sie nicht geduldet.«

»Ich bin gespannt, ob die Tochter der Mutter ähnlich ist.«

Sie fuhren nicht gleich zum Quai des Orfèvres zurück, sondern hielten an einer Brasserie, um zu Abend zu essen. Maigret rief seine Frau an und teilte ihr mit, dass es spät werden würde.

In der Brasserie roch es auch nach Winter. An allen Haken hingen feuchte Mäntel und Hüte, und die dunklen Fensterscheiben waren beschlagen.

Der Pförtner beim Eingang zur Kriminalpolizei sagte zu Maigret:

»Eine junge Frau hat nach Ihnen gefragt. Sie ist wohl herbestellt worden. Ich habe sie nach oben geschickt.«

»Wartet sie schon lange?«

»Etwa zwanzig Minuten.«

Der Nebel hatte sich in einen feinen Regen verwandelt, und auf den immer staubigen Stufen der breiten Treppe waren feuchte Fußspuren zu sehen. Die meisten Büros waren verlassen. Nur unter einigen Türen sah man Lichtschimmer.

»Soll ich noch bleiben?«, fragte Santoni.

Maigret nickte. Da Santoni von Anfang an dabei gewesen war, sollte er die Untersuchung mit ihm weiter durchführen.

Eine junge Frau, deren hellblauer Hut das Auffallendste war, saß in einem Sessel im Vorzimmer. Der Raum war nur schwach beleuchtet. Der Bürodiener las in einer Abendzeitung.

»Sie werden erwartet, Chef.«

»Ich weiß.«

Maigret wandte sich an die junge Frau: »Monique Thouret? Bitte folgen Sie mir in mein Büro.«

Er knipste die Lampe mit dem grünen Schirm an, deren Schein auf den ihm gegenüberstehenden Sessel fiel, und bat sie, dort Platz zu nehmen. Er bemerkte, dass sie geweint hatte.

»Mein Onkel hat mir mitgeteilt, dass mein Vater tot ist.«

Er antwortete nicht sofort. Wie ihre Mutter hielt sie ein Taschentuch in der Hand, aber ihrs war zerknüllt, und sie knetete es unentwegt mit den Fingern, so wie Maigret als Kind ein Stück Gummi geknetet hatte.

»Ich dachte, Maman ist bei Ihnen.«

»Sie ist nach Juvisy zurückgefahren.«

»Wie hat sie es aufgenommen?«

Wie sollte er darauf antworten?

»Ihre Mutter war sehr tapfer.«

Monique war durchaus hübsch. Sie sah ihrer Mutter nicht besonders ähnlich, bis auf die stämmige Figur. Die fiel jedoch weniger auf, da sie jung und straff war. Sie trug ein gut geschnittenes Kostüm, was den Kommissar ein wenig überraschte, denn sie hatte es gewiss weder selbst geschneidert noch in einem billigen Laden gekauft.

»Was ist denn überhaupt passiert?«, fragte sie schließlich, und ihre Augen glänzten feucht.

»Ihr Vater wurde erstochen.«

»Wann?«

»Heute Nachmittag, zwischen halb und Viertel vor fünf.«

»Wie konnte das geschehen?«

Warum hatte er den Eindruck, dass sie nicht ganz aufrichtig war? Die Mutter hatte auch eine gewisse Sprödigkeit gezeigt, die ihrem Charakter aber gut entsprach. Madame Thouret erachtete es im Grunde als unwürdig, sich in einer Sackgasse am Boulevard Saint-Martin ermorden zu lassen. Sie hatte ihr Leben streng geregelt, und nicht nur ihr eigenes, sondern das Leben der ganzen Familie. Dieser Tod passte nicht in die Ordnung, die sie hergestellt hatte. Schon gar nicht, wenn der Tote gelbe Schuhe und eine knallrote Krawatte trug.

Monique dagegen wirkte vorsichtiger, als befürchtete sie gewisse Enthüllungen, gewisse Fragen.

»Kannten Sie Ihren Vater gut?«

»Aber … natürlich …«

»Selbstverständlich, Sie kannten ihn, wie man seine Eltern kennt. Ich meine aber, ob Sie eine besonders vertraute Beziehung zu ihm hatten, ob er manchmal von seinen Gefühlen und Gedanken zu Ihnen sprach.«

»Er war ein guter Vater.«

»War er glücklich?«

»Ich nehme es an.«

»Haben Sie ihn manchmal in Paris getroffen?«

»Ich verstehe Ihre Frage nicht. Meinen Sie, auf der Straße?«

»Sie arbeiteten doch beide in Paris. Ich habe schon erfahren, dass Sie nicht denselben Zug benutzten.«

»Unsere Arbeitszeiten waren verschieden.«

»Sie hätten sich manchmal zum Mittagessen treffen können.«

»Manchmal, ja.«

»Häufig?«

»Nein, eher selten.«

»Haben Sie ihn dann von seinem Geschäft abgeholt?«

Sie zögerte.

»Nein, wir haben uns immer in einem Restaurant getroffen.«

»Haben Sie ihn angerufen?«

»Ich kann mich nicht erinnern, ihn je angerufen zu haben.«

»Wann haben Sie zum letzten Mal zusammen gegessen?«

»Vor Monaten. Noch vor den Sommerferien.«

»In welchem Viertel?«

»In La Chope Alsacienne, einem Restaurant am Boulevard Sébastopol.«

»Wusste Ihre Mutter davon?«

»Vermutlich habe ich es ihr erzählt, ich weiß es nicht mehr.«

»War Ihr Vater ein heiterer Mensch?«

»Er war heiter. Glaube ich.«

»War er bei guter Gesundheit?«

»Ich habe ihn nie krank gesehen.«

»Hatte er Freunde?«

»Wir verkehrten vor allem mit meinen Tanten und Onkeln.«

»Haben Sie viele?«

»Zwei Tanten und zwei Onkel.«

»Wohnen sie alle in Juvisy?«

»Ja, nicht weit von uns. Mein Onkel Albert, der Mann meiner Tante Jeanne, hat mir mitgeteilt, dass Papa tot ist. Meine Tante Céline wohnt etwas weiter entfernt.«

»Sind diese beiden Tanten die Schwestern Ihrer Mutter?«

»Ja. Onkel Julien, Tante Célines Mann, arbeitet auch bei der Bahn.«

»Haben Sie einen Freund, Mademoiselle Monique?«

Sie wurde etwas verlegen.

»Es ist wohl nicht der richtige Augenblick, darüber zu sprechen. Muss ich meinen Vater sehen?«

»Wie meinen Sie das?«

»Nach dem, was mein Onkel gesagt hat, dachte ich, ich müsste ihn identifizieren.«

»Das haben Ihre Mutter und Tante schon getan. Wenn Sie allerdings möchten ...«

»Nein. Ich sehe ihn ja wohl zu Hause.«

»Noch eine Frage, Mademoiselle Monique. Hat Ihr Vater, wenn Sie ihn in Paris trafen, manchmal gelbe Schuhe getragen?«

Sie antwortete nicht sofort. Um Zeit zu gewinnen, wiederholte sie:

»Gelbe Schuhe?«

»Ja, ganz hellbraune, wenn Ihnen das mehr sagt. Zu meiner Zeit nannte man die Farbe solcher Schuhe, entschuldigen Sie den Ausdruck, Kackgelb.«

»Ich kann mich nicht erinnern.«

»Haben Sie auch nie eine rote Krawatte an ihm gesehen?«

»Nein.«

»Wann waren Sie zum letzten Mal im Kino?«

»Gestern Nachmittag.«

»In Paris?«

»In Juvisy.«

»Ich will Sie nicht länger aufhalten. Ich vermute, Ihr Zug geht bald.«

»In fünfunddreißig Minuten.«

Sie sah auf ihre Armbanduhr, stand auf und wartete noch einen Augenblick.

»Guten Abend«, sagte sie schließlich.

»Guten Abend, Mademoiselle Monique. Ich danke Ihnen«, erwiderte Maigret und begleitete sie zur Tür, die er hinter ihr schloss.

2

Die Jungfrau mit der dicken Nase

Maigret hatte schon immer eine gewisse Vorliebe für den Abschnitt der Grands Boulevards gehabt, der zwischen der Place de la République und der Rue Montmartre liegt.

Dies war seine Gegend. Hier, am Boulevard Bonne-Nouvelle, wenige Hundert Meter von der Sackgasse entfernt, in der Louis Thouret ermordet worden war, ging er fast jede Woche mit seiner Frau ins Kino. Arm in Arm spazierten sie dorthin wie für einen Besuch in der Nachbarschaft. Und dem Kino gegenüber befand sich die Brasserie, wo er gern eine Choucroute aß.

Ein Stück weiter, Richtung Oper und Madeleine, waren die Boulevards breiter und eleganter. Zwischen der Porte Saint-Martin und der Place de la République wurde es dunkler und enger. Dort war ein solches Gewusel, dass einem fast schwindelig wurde.

Der Morgen war grau, weniger feucht, dafür kälter als tags zuvor. Maigret hatte seine Wohnung um halb neun verlassen und erreichte ohne Eile in einer knappen Viertelstunde den Teil der Rue de Bondy, der auf die Boulevards stößt und vor dem Théâtre de la Renaissance in einen kleinen Platz mündet. Laut Madame Thouret hatte Louis Thouret hier bei Kaplan & Zanin sein ganzes Leben und auch gestern noch gearbeitet.

Die angegebene Nummer gehörte zu einem sehr alten, windschiefen Haus. Rings um das weit offene Eingangsportal waren verschiedene weiße und schwarze Schilder angebracht, auf denen ein Polsterer, ein Schreibmaschinenkurs, ein Geschäft für Bettfedern (dritter Stock links, Treppe A), ein Gerichtsvollzieher und eine diplomierte Masseuse angezeigt wurden. Die Concierge, deren Loge sich in der Toreinfahrt befand, war dabei, die Post zu sortieren.

»Zu Kaplan & Zanin?«, fragte Maigret.

»Oh, lieber Monsieur, die Firma gibt es nicht mehr. Im nächsten Monat sind es schon drei Jahre.«

»Waren Sie damals schon hier im Haus?«

»Im Dezember seit sechsundzwanzig Jahren.«

»Kannten Sie Louis Thouret?«

»Und ob ich Monsieur Louis kenne! Was ist denn aus ihm geworden? Schon seit vier oder fünf Monaten ist er nicht mehr bei mir vorbeigekommen.«

»Er ist tot.«

Jäh unterbrach sie ihr Sortieren.

»Er war doch ganz wohlauf! Was hatte er denn? Sicherlich war's das Herz, wie bei meinem Mann.«

»Er wurde gestern Nachmittag erstochen, unweit von hier.«

»Ich habe die Zeitung noch gar nicht gelesen.«

Es war nur in einer kleinen Randnotiz über das Verbrechen berichtet worden.

»Wer kommt denn auf die Idee, einen so anständigen Menschen zu ermorden?«

Auch sie selbst war eine anständige Frau, klein und lebhaft.

»Mehr als zwanzig Jahre lang ist er jeden Tag viermal an meiner Loge vorübergekommen, und immer hatte er ein freundliches Wort für mich. Als Monsieur Kaplan die Firma aufgab, war Monsieur Louis so niedergeschlagen, dass ...«

Sie musste sich die Augen wischen und die Nase putzen.

»Lebt Monsieur Kaplan noch?«

»Ich kann Ihnen seine Adresse geben. Er wohnt in der Nähe der Porte Maillot, in der Rue des Acacias. Der alte Monsieur Kaplan ist auch sehr anständig, aber ganz anders. Er lebt sicher noch.«

»Womit hat er gehandelt?«

»Kennen Sie denn die Firma nicht?«

Es überraschte sie, dass nicht die ganze Welt die Firma Kaplan & Zanin kannte, und Maigret sagte:

»Ich bin von der Polizei. Ich möchte alles wissen, was mit Monsieur Thouret zu tun hat.«

»Wir nannten ihn Monsieur Louis. Jeder nannte ihn so. Die meisten kannten seinen Familiennamen gar nicht. Wenn Sie sich kurz gedulden …«

Und während sie die letzten Briefe sortierte, murmelte sie zu sich selbst:

»Monsieur Louis ermordet! Wer hätte das gedacht! Ein Mann, der so …«

Nachdem die Post in die Fächer verteilt war, legte sie sich einen Wollschal über die Schultern und schloss die Ofenklappe halb.

»Ich zeige es Ihnen.«

In der Toreinfahrt erklärte sie:

»Vor drei Jahren sollte das Haus abgerissen werden und einem Kino Platz machen. Den Mietern wurde gekündigt. Ich wollte zu meiner Tochter ins Département Nièvre ziehen. Aus diesem Grund hat auch Monsieur Kaplan seine Firma aufgegeben. Sie lief auch nicht mehr so gut. Der junge Monsieur Kaplan, Monsieur Max, wie wir ihn nannten, hatte immer andere Vorstellungen als sein Vater. So, hier entlang.«

Hinter der Toreinfahrt gelangte man auf einen Hof. Im Hintergrund ragte ein großes Gebäude mit einem Glasdach auf. Es erinnerte an eine Bahnhofshalle. An der Mauer standen noch ein paar Buchstaben vom Firmennamen *Kaplan & Zanin*.

»Die Zanins gab es schon nicht mehr, als ich vor sechsundzwanzig Jahren hier ins Haus kam. Damals führte Monsieur Kaplan die Geschäfte allein. Auf der Straße drehten sich die Kinder nach ihm um, weil er wie ein alter Zauberer aussah.«

Die Tür war nicht geschlossen, das Schloss abgerissen. Jetzt war hier alles tot, aber noch vor wenigen Jahren war es ein Teil der Welt von Louis Thouret gewesen. Wie diese eigentlich ausgesehen hatte, konnte man heute kaum noch nachvollziehen. Es war ein riesiger Raum mit einem Glasdach in großer Höhe. Einige der Scheiben fehlten, andere waren blind geworden. Wie in einem Warenhaus gab es eine umlaufende zweistöckige Galerie. Wo die Regale an den Wänden gestanden hatten, war noch gut zu erkennen.

»Jedes Mal, wenn er mir einen kleinen Besuch machte ...«

»Kam er oft?«

»Vielleicht alle zwei, drei Monate, und er brachte mir immer irgendeine Süßigkeit mit. Jedes Mal, wie gesagt, warf er dann auch einen Blick hierhinein. Es war zu spüren, dass ihm das Herz immer wieder schwer wurde. Zwanzig Packerinnen und zum Schluss sogar noch mehr haben hier gearbeitet. In der Hochsaison wurden oft Nachtschichten eingelegt. Monsieur Kaplan verkaufte nicht direkt an das Publikum, sondern an Geschäfte in der Provinz, an Hausierer und Straßenhändler. Er hatte so viele Waren, dass man sich kaum darin zurechtfinden konnte. Monsieur Louis war der Einzige, der genau wusste, wo jeder einzelne Artikel lag. Mein Gott, was es da alles gab: falsche Bärte, Papptrompeten, bunte Kugeln für den Weihnachtsbaum, Luftschlangen für den Karneval, Masken, Andenken, wie man sie in den Badeorten kaufen kann.«

»War Monsieur Louis der Lagerverwalter?«

»Ja. Er trug immer einen grauen Kittel. Dort rechts in der Ecke befand sich in einem Glaskasten das Büro des jungen Monsieur Kaplan. Nach dem ersten Schlaganfall kam sein Vater nicht mehr ins Geschäft. Er hatte eine Sekretärin, Mademoiselle Léone. Und in einem kleinen Verschlag im ersten Stock arbeitete der alte Buchhalter. Niemand ahnte, was auf uns zukam. Eines Tages, es war Oktober oder November, ich weiß es nicht mehr genau, aber es war schon recht kalt, rief Monsieur Max Kaplan alle Mitarbeiter zusammen und teilte ihnen mit, dass er die Firma schließt. Er hatte schon einen Abnehmer für die Lagerbestände gefunden. Damals dachten alle, das Haus würde im nächsten Jahr abgerissen, für ein Kino, wie ich Ihnen schon gesagt habe.«

Maigret hörte geduldig zu, während er um sich blickte und sich vorzustellen versuchte, wie es hier in der Glanzzeit der Firma ausgesehen haben mochte.

»Das Vorderhaus sollte ebenfalls verschwinden. Auch dort wurde allen Mietern gekündigt. Einige zogen aus, andere blieben einfach. Und sie hatten schließlich recht damit, sie wohnen noch heute dort. Als das Haus verkauft wurde, weigerten sich die neuen Eigentümer allerdings, irgendwelche Reparaturen vorzunehmen. Und seitdem laufen, ich weiß nicht, wie viele Prozesse. Der Gerichtsvollzieher kommt fast jeden Monat. Zweimal habe ich schon meine Siebensachen gepackt.«

»Kennen Sie Madame Thouret?«

»Ich habe sie nie gesehen. Sie wohnte weit draußen, in Juvisy.«

»Da wohnt sie noch immer.«

»Haben Sie sie kennengelernt? Was ist sie für eine?«

Maigret schnitt nur ein Gesicht. Sie verstand ihn sofort.

»Das habe ich mir gedacht. Man merkte, dass er dort nicht glücklich war. Sein Zuhause war hier. Darum traf ihn der Schlag am härtesten, das habe ich schon oft gesagt. Außerdem war er in einem Alter, wo man nicht so leicht ein neues Leben beginnt.«

»Wie alt war er?«

»Fünfundvierzig oder sechsundvierzig.«

»Wissen Sie, was er dann gemacht hat?«

»Er hat es mir nie erzählt. Er hatte wohl eine schwere Zeit und kam lange nicht her. Einmal machte ich, wie immer in Eile, meine Besorgungen, da sah ich ihn auf einer Bank sitzen. Das hat mich bestürzt. Ein Mann wie er, am helllichten Tag … das ist nicht der richtige Ort, verstehen Sie? Ich hätte ihn fast angesprochen. Aber dann dachte ich, vielleicht ist es ihm peinlich. Also habe ich einen Umweg gemacht.«

»Wie viel Zeit war seit der Schließung der Firma vergangen?«

Es war kalt unter dem Glasdach, kälter als draußen auf dem Hof, und die Concierge sagte:

»Vielleicht möchten Sie sich bei mir in der Loge noch ein bisschen aufwärmen? Wie viel Zeit vergangen war, kann ich nicht genau sagen. Es war noch nicht Frühling, denn die Bäume hatten keine Blätter. Wahrscheinlich war's gegen Ende des Winters.«

»Wann haben Sie ihn wiedergesehen?«

»Lange danach, im Hochsommer. Am meisten habe ich mich über seine gelben Schuhe gewundert. Warum gucken Sie so?«

»Schon gut. Erzählen Sie weiter!«

»Er trug normalerweise schwarze Schuhe, anders habe ich ihn nie gesehen. Er kam in die Loge und legte ein Päckchen auf den Tisch. Eingepackt in weißes Papier und mit einem goldenen Band. Es war

Schokolade darin. Er setzte sich auf diesen Stuhl. Ich habe ihm einen Kaffee gemacht, bin schnell zur Straßenecke gelaufen und habe eine halbe Flasche Calvados geholt, während er hier aufpasste.«

»Was hat er Ihnen erzählt?«

»Nichts Besonderes. Er war froh, die Atmosphäre hier wieder einmal schnuppern zu können. Das war ihm anzumerken.«

»Hat er etwas von seiner neuen Tätigkeit erwähnt?«

»Ich habe ihn gefragt, ob er zufrieden sei, und er hat Ja gesagt. Jedenfalls hatte er keine geregelten Bürozeiten mehr, denn das war am Vormittag, zwischen zehn und elf. Ein anderes Mal erschien er am Nachmittag und trug eine helle Krawatte. Ich sagte im Scherz, dass er wohl immer jünger würde. Aber er nahm nie etwas übel. Dann haben wir über seine Tochter gesprochen. Ich habe sie zwar nie gesehen, aber er hat mir ein Bild von ihr gezeigt, da war sie ein paar Monate alt. Selten ist mir jemand begegnet, der so stolz auf sein Kind war. Er hat jedem von ihr erzählt und hatte immer Bilder von ihr in der Tasche.«

Man hatte kein Bild von Monique aus jüngerer Zeit bei ihm gefunden, nur das Kinderfoto.

»Ist das alles, was Sie wissen?«

»Was könnte ich sonst noch wissen? Ich bin hier von früh bis spät eingesperrt. Es ist sehr still im

Haus, seit die Firma Kaplan nicht mehr existiert und der Friseur im ersten Stock ausgezogen ist.«

»Haben Sie mit Monsieur Louis darüber gesprochen?«

»Ja, wir haben über dies und das geplaudert. Die Mieter, die einer nach dem anderen ausgezogen sind, die Prozesse, die Architekten, die manchmal hier auftauchen und an den Plänen für ihr famoses Kino arbeiten, während das Haus langsam verfällt.«

Sie sagte das ohne Bitterkeit, aber es war doch herauszuhören, dass sie als Letzte das Haus verlassen würde.

»Wie ist es geschehen?«, fragte sie nun ihrerseits. »Hat er gelitten?«

Weder Madame Thouret noch Monique hatten diese Frage gestellt.

»Der Arzt sagt, nein. Er war auf der Stelle tot.«

»Und wo ist es passiert?«

»Zwei Schritte von hier, in einer Sackgasse am Boulevard Saint-Martin.«

»In der Nähe des Juweliers?«

»Ja. Jemand muss ihm gefolgt sein – es wurde schon dunkel – und hat ihm ein Messer in den Rücken gestoßen.«

Maigret hatte am Abend zuvor von zu Hause und erneut an diesem Morgen mit dem Kriminallabor telefoniert. Bei dem Messer handelte es sich um eine gängige Marke, ein ganz gewöhnliches Messer, wie man es fast in jedem Eisenwarengeschäft bekommt. Es war neu und ohne Fingerabdrücke.

»Armer Monsieur Louis! Er hat das Leben geliebt!«

»War er ein heiterer Mensch?«

»Jedenfalls kein trauriger. Ich weiß nicht, wie ich es Ihnen erklären soll. Er war immer freundlich, liebenswürdig zu allen, aufmerksam und hat sich nie wichtiggemacht.«

»Interessierte er sich für Frauen?«

»Nie im Leben! Dabei hatte er eine gute Stellung, er hätte so viele haben können, wie er wollte. Außer Monsieur Max und dem alten Buchhalter war er der einzige Mann in der Firma, und die Frauen, die dort als Packerinnen arbeiteten, waren nicht besonders tugendhaft.«

»Trank er?«

»Sein Glas Wein, so wie jeder. Ab und zu ein Schnäpschen.«

»Wo aß er zu Mittag?«

»Er ging mittags nie fort, er brachte sich sein Essen in einer Wachstuchtasche mit. Ich sehe sie noch vor mir. Er aß immer im Stehen, an einer Ecke des Tischs. Dann kam er in den Hof und rauchte eine Pfeife, bevor er wieder an die Arbeit ging. Sehr selten ging er mal aus. Er sagte dann zu mir, dass er mit seiner Tochter verabredet war. Das passierte aber erst in der letzten Zeit, da war sie schon eine junge Frau und arbeitete in einem Büro in der Rue de Rivoli.

›Warum bringen Sie Ihre Tochter nicht einmal her, Monsieur Louis? Ich würde sie so gern einmal sehen.‹

›Demnächst‹, versprach er.

Aber er hat es nie getan, ich weiß nicht, warum.«

»Und Mademoiselle Léone? Haben Sie sie aus den Augen verloren?«

»Oh nein, ich weiß, wo sie wohnt. Sie lebt bei ihrer Mutter. Und sie arbeitet nicht mehr in einem Büro, sondern hat ein kleines Geschäft aufgemacht in der Rue de Clignancourt, auf dem Montmartre. Manchmal ist er auch zu ihr gegangen. Vielleicht kann sie Ihnen mehr sagen als ich. Einmal habe ich mit ihm über sie gesprochen, und er erzählte mir, dass sie Windeln und andere Dinge für Babys verkauft. Das ist doch komisch.«

»Was ist komisch?«

»Dass sie Babysachen verkauft.«

Leute kamen herein, um ihre Post zu holen, und warfen einen argwöhnischen Blick auf Maigret. Vermutlich dachten sie, er wäre hier, um sie zu vertreiben.

»Ich danke Ihnen. Ich werde wohl noch einmal wiederkommen.«

»Sie haben keine Ahnung, wer der Mörder sein könnte?«

»Nein«, antwortete er offen.

»Wurde ihm die Brieftasche gestohlen?«

»Nein. Auch seine Uhr nicht.«

»Dann hat man ihn bestimmt mit jemand anderem verwechselt.«

Maigret musste die ganze Stadt durchqueren, um zur Rue de Clignancourt zu gelangen. Er betrat eine kleine Bar und ging zur Telefonkabine.

»Wer ist am Apparat?«

»Janvier, Chef.«

»Gibt es Neuigkeiten?«

»Die anderen sind unterwegs, so wie Sie's angeordnet haben.«

Das bedeutete, dass fünf Inspektoren, jeder in einem bestimmten Viertel, alle Pariser Eisenwarengeschäfte aufsuchten. Maigret hatte Santoni für alle Fälle damit beauftragt, Erkundigungen über Monique Thouret einzuziehen. Er musste sich jetzt in der Rue de Rivoli befinden und strich vermutlich um die Büros von Geber & Bachelier herum.

Wäre Madame Thouret in Juvisy telefonisch erreichbar gewesen, hätte Maigret sie gefragt, ob ihr Mann auch in den vergangenen drei Jahren jeden Morgen sein Mittagessen in einer Wachstuchtasche mitgenommen hatte.

»Kannst du mir den Wagen schicken?«

»Wo sind Sie?«

»Rue de Bondy. Ich warte gegenüber dem Théâtre de la Renaissance.«

Fast hätte er Janvier, der an diesem Tag freihatte, zum Boulevard Saint-Martin geschickt, damit er die Geschäftsleute dort befragte. Das besorgte zwar Inspektor Neveu bereits, aber bei dieser Art Arbeit musste man Glück haben, und dafür konnten es nie genug Leute sein.

Er verzichtete schließlich doch darauf, weil er Lust hatte, selbst wieder einmal in das Viertel zu gehen.

»Haben Sie weitere Instruktionen?«

»Gib ein Foto an die Zeitungen. Aber die sollen sich zurückhalten und nur am Rande über die Sache berichten.«

»Verstehe. Ich schicke Ihnen das Auto.«

Da die Concierge davon gesprochen hatte und es wirklich kalt war, trank Maigret einen Calvados. Dann überquerte er, die Hände in den Taschen, den Boulevard und warf einen Blick in die Sackgasse, in der Monsieur Louis ermordet worden war.

Die Nachricht von dem Verbrechen hatte so wenig Aufsehen erregt, dass niemand dort stehen blieb, um vielleicht noch Blutflecken auf dem Pflaster zu sehen.

Maigret stellte sich eine ganze Weile vor eines der

beiden Schaufenster des Juweliergeschäfts, in dem er fünf oder sechs Verkäufer und Verkäuferinnen bemerkte. Es wurde dort kein kostbarer Schmuck verkauft. Die meisten der ausgestellten Dinge trugen den Vermerk *Schaustück*. Das Fenster war vollgestopft mit Eheringen, falschen Brillanten, vielleicht auch echten, Weckern, Taschen- und Wanduhren, lauter geschmacklosen Sachen.

Ein kleiner alter Mann, der Maigret von drinnen beobachtete, schien ihn für einen möglichen Kunden zu halten, denn er näherte sich lächelnd der Tür und wollte ihn wohl hereinbitten. Der Kommissar zog es aber vor, rasch weiterzugehen, und wenig später stieg er in den Wagen der Kriminalpolizei.

»Rue de Clignancourt.«

Es war stiller in dieser Straße, aber auch hier wohnten viele kleine Leute, und Mademoiselle Léones Laden mit dem Schild *Bébé Rose* verschwand fast zwischen einer Pferdemetzgerei und einer Fahrerkneipe, sodass nur Eingeweihte ihn finden konnten.

Maigret erschrak fast, als er eintrat. Die Person, die aus dem hinteren Raum, wo eine alte Frau mit einer Katze auf den Knien im Sessel saß, auf ihn zukam, war ganz anders, als er sich die Sekretärin der Kaplans vorgestellt hatte. Warum? Er wusste es nicht. Offenbar trug sie Filzpantoffeln, denn ihr Gang war vollkommen geräuschlos, ein wenig wie der einer Nonne. Auch ihre fast unbewegte Körperhaltung hatte etwas Nonnenhaftes.

Sie lächelte vage. Ihr Lächeln verzog nicht die Lippen, sondern verteilte sich über das sanfte, scheue Gesicht.

War es nicht seltsam, dass sie Léone hieß? Noch seltsamer aber war ihre Nase. Sie war dick und rund, wie man sie bei alten dösenden Löwen im Tierpark sieht.

»Sie wünschen, Monsieur?«

Sie trug Schwarz. Gesicht und Hände waren blass und ohne Spannung. Ein großer Ofen in dem zweiten Raum verbreitete eine angenehme Wärme, und überall auf der Ladentheke und in den Regalen lagen kleine Wäschestücke, Schühchen mit blauen und rosa Bändern, Mützchen und Taufkleider.

»Kommissar Maigret von der Kriminalpolizei.«

»Ach so?«

»Einer Ihrer ehemaligen Kollegen, Louis Thouret, ist gestern ermordet worden.«

Sie wirkte erschütterter als alle anderen. Doch sie weinte nicht, suchte nicht nach einem Taschentuch, verzog nicht einmal den Mund. Völlig erstarrt stand sie da, als hätte ihr Herz plötzlich aufgehört zu schlagen. Ihre blassen Lippen wurden so weiß wie die Wäsche, von der sie umgeben war.

»Verzeihen Sie, dass ich Ihnen das so unverblümt mitteile.«

Sie schüttelte den Kopf, zum Zeichen, dass sie es ihm nicht übel nahm. Die alte Dame im Nebenzimmer hatte sich bewegt.

»Um seinen Mörder zu finden, brauche ich alle nur denkbaren Informationen über den Toten.«

Sie nickte stumm.

»Sie haben ihn gewiss gut gekannt.«

Es war, als hellte sich ihr Gesicht für einen Augenblick auf.

»Wie ist das geschehen?«, fragte sie schließlich mit belegter Stimme.

Sie musste schon als kleines Mädchen hässlich gewesen sein, und sie hatte es vermutlich immer gewusst. Sie blickte in den hinteren Raum und flüsterte:

»Möchten Sie sich nicht setzen?«

»Ich glaube, Ihre Mutter ...«

»Wir können vor Maman sprechen, sie ist völlig taub. Und sie freut sich über Gesellschaft.«

Er wagte nicht zuzugeben, dass er fürchtete zu ersticken in dem luftlosen Zimmer, wo die beiden Frauen ihr Leben praktisch in Reglosigkeit verbrachten.

Es war schwer zu sagen, wie alt Léone war. Wahrscheinlich hatte sie die fünfzig überschritten, vielleicht schon seit Langem. Ihre Mutter schien mindestens achtzig zu sein. Sie musterte den Kommissar mit kleinen, lebhaften Vogelaugen. Die dicke

Nase hatte Léone nicht von ihr, sondern vom Vater. Von ihm hing ein vergrößertes Foto an der Wand.

»Ich komme eben von der Concierge in der Rue de Bondy.«

»Für sie war es bestimmt ein Schlag.«

»Ja, sie mochte ihn gern.«

»Alle liebten ihn.«

Bei diesen Worten kam etwas Farbe in ihr Gesicht.

»Er war so ein guter Mensch«, setzte sie hastig hinzu.

»Sie haben ihn noch oft gesehen, nicht wahr?«

»Er hat mich ein paarmal besucht. Oft würde ich nicht sagen. Er war sehr beschäftigt, und ich wohne weitab vom Zentrum.«

»Wissen Sie, was er in der letzten Zeit getan hat?«

»Ich habe ihn nie gefragt. Es schien ihm aber ganz gut zu gehen. Ich nehme an, dass er selbstständig Geschäfte machte, denn er hatte keine geregelten Arbeitszeiten.«

»Erzählte er Ihnen von den Leuten, mit denen er zu tun hatte?«

»Wir sprachen vor allem über die Rue de Bondy, die Firma Kaplan, über Monsieur Max, die jährliche Inventur. Das war immer eine große Sache, denn unser Katalog enthielt mehr als tausend Artikel.«

Sie stockte plötzlich, dann sagte sie:

»Sie haben gewiss mit seiner Frau gesprochen.«

»Ja, gestern Abend.«

»Was hat sie gesagt?«

»Sie versteht nicht, warum ihr Mann, als man ihn fand, gelbe Schuhe trug. Sie sagt, der Mörder muss sie ihm angezogen haben.«

Wie die Concierge kannte auch sie die Schuhe.

»Nein, er trug sie oft.«

»Schon zu der Zeit, als er in der Rue de Bondy arbeitete?«

»Erst nachher. Ziemlich lange nachher.«

»Was verstehen Sie unter ›ziemlich lange‹?«

»Vielleicht ein Jahr.«

»Hat es Sie überrascht, die gelben Schuhe an ihm zu sehen?«

»Ja. Sie passten nicht zu seiner Art, sich zu kleiden.«

»Was haben Sie sich dabei gedacht?«

»Dass er sich verändert hat.«

»War er wirklich verändert?«

»Er war nicht mehr ganz derselbe. Er machte andere Scherze. Manchmal lachte er sogar schallend.«

»Und vorher hatte er nie gelacht?«

»Doch, schon, aber anders. Es gab irgendetwas in seinem Leben.«

»Eine Frau?«

Die Frage war grausam, aber Maigret musste sie stellen.

»Vielleicht.«

»Hat er sich Ihnen anvertraut?«

»Nein.«

»Hat er Ihnen nie den Hof gemacht?«

Sie protestierte lebhaft:

»Niemals! Ich schwöre es Ihnen! Ich bin sicher, dass ihm nie der Gedanke gekommen ist.«

Die Katze war vom Schoß der alten Frau heruntergesprungen und machte es sich jetzt auf Maigrets Knien bequem.

»Lassen Sie nur«, sagte er, als sie das Tier verscheuchen wollte.

Er wagte nicht, seine Pfeife zu rauchen.

»Ich nehme an, es war eine grausame Enttäuschung für Sie alle, als Monsieur Kaplan ankündigte, dass er die Firma schließen würde.«

»Ja, das war schlimm.«

»Besonders für Louis Thouret?«

»Monsieur Louis hing am meisten an der Firma. Er fühlte sich dort ganz zu Hause. Schließlich hatte er schon mit vierzehn Jahren als Botenjunge in der Firma angefangen.«

»Woher kam er?«

»Aus Belleville. Nach dem, was er mir erzählt hat, war seine Mutter Witwe. Sie war es auch, die ihn eines Tages dem alten Monsieur Kaplan vorstellte. Er trug damals noch kurze Hosen. Er ist nicht lange in die Schule gegangen.«

»Ist seine Mutter tot?«

»Ja, schon lange.«

Warum hatte Maigret den Eindruck, dass sie irgendetwas vor ihm verbarg? Sie war offen, sah ihm gerade in die Augen, und doch war da etwas Verstohlenes, das an ihren schleichenden Gang erinnerte.

»Ich glaube zu wissen, dass er sich schwertat, eine neue Stellung zu finden.«

»Wer hat Ihnen das gesagt?«

»Ich schließe es aus dem, was mir die Concierge erzählt hat.«

»Es ist immer schwer, wenn man die vierzig überschritten hat, erst recht wenn man keine Spezialkenntnisse hat. Ich selbst …«

»Haben Sie sich auch um eine andere Stellung bemüht?«

»Nur einige Wochen.«

»Und Monsieur Louis?«

»Er hat länger gesucht.«

»Ist das eine Vermutung, oder wissen Sie es?«

»Ich weiß es.«

»Hat er Sie in jener Zeit besucht?«

»Ja.«

»Haben Sie ihn unterstützt?«

Er war eigentlich davon überzeugt. Es passte zu Léone, Ersparnisse zu haben.

»Warum fragen Sie mich das?«

»Solange ich keine genaue Vorstellung davon habe, was für ein Mensch er in seinen letzten Jahren gewesen ist, werde ich seinen Mörder nicht fassen können.«

»Das ist wahr«, gab sie nach einigem Überlegen zu. »Ich erzähle Ihnen alles, aber ich möchte, dass es unter uns bleibt. Seine Frau darf keinesfalls davon erfahren. Sie ist sehr stolz.«

»Kennen Sie sie?«

»Er hat es mir gesagt. Ihre Schwäger sind wohlsituiert. Sie haben sich beide ein Haus gebaut.«

»Er aber doch auch.«

»Notgedrungen. Seine Frau wollte es. Sie bestand auch darauf, dass sie in Juvisy lebten, wie ihre beiden Schwestern.«

Sie sprach jetzt in einem etwas veränderten Ton. Es war zu spüren, dass schon lange ein Groll in ihr gärte.

»Hatte er Angst vor seiner Frau?«

»Er wollte niemandem Kummer bereiten. Als wir wenige Wochen vor Weihnachten alle unsere Stellung verloren, wollte er seiner Familie nicht das Jahresende verderben.«

»Also hat er seiner Familie nichts davon gesagt? Er hat sie im Glauben gelassen, dass er nach wie vor in der Rue de Bondy arbeitete?«

»Er hatte die Hoffnung, in wenigen Tagen, oder dann in einigen Wochen, etwas Neues zu finden. Aber da war eben das Haus.«

»Das verstehe ich nicht.«

»Er zahlte es in Raten ab, und ich weiß, wie schlimm es ist, wenn solche Zahlungen nicht pünktlich erfolgen.«

»Bei wem hat er sich das Geld geliehen?«

»Bei Monsieur Saimbron und mir.«

»Wer ist Monsieur Saimbron?«

»Der Buchhalter. Er arbeitet nicht mehr. Er lebt allein in seiner Wohnung am Quai de la Mégisserie.«

»Hat er Geld?«

»Nein, er ist sehr arm.«

»Und Sie beide haben Monsieur Louis Geld geliehen?«

»Ja. Sonst wäre das Haus verkauft worden, und sie hätten auf der Straße gesessen.«

»Warum hat er sich nicht an Monsieur Kaplan gewandt?«

»Weil Monsieur Kaplan ihm nichts gegeben hätte. So ist er. Als er uns ankündigte, dass er die Firma schließt, hat er jedem von uns einen Umschlag mit drei Monatsgehältern in die Hand gedrückt. Monsieur Louis wagte nicht, dieses Geld bei sich zu behalten, denn dann hätte seine Frau alles gemerkt.«

»Durchsuchte sie seine Brieftasche?«

»Ich weiß es nicht. Vermutlich. Ich habe das Geld für ihn aufbewahrt, und er holte sich jeden Monat eine Gehaltssumme ab. Dann, als nichts mehr da war ...«

»Ich verstehe.«

»Er hat mir alles zurückgezahlt.«

»Nach wie langer Zeit?«

»Nach acht, neun Monaten. Es war fast ein Jahr.«

»Sie haben ihn lange Zeit nicht gesehen?«

»Ungefähr von Februar bis August nicht.«

»Waren Sie nicht beunruhigt?«

»Nein. Ich wusste, dass er wiederkommen würde. Und selbst wenn er mir das Geld nicht zurückgegeben hätte …«

»Hat er gesagt, er hätte eine Stellung gefunden?«

»Er sagte, dass er arbeitet.«

»Trug er da schon gelbe Schuhe?«

»Ja. Er kam von Zeit zu Zeit, und jedes Mal brachte er mir ein Geschenk mit und Süßigkeiten für Maman.«

Vielleicht sah die alte Frau den Kommissar deswegen so enttäuscht an. Besuch brachte Süßigkeiten mit, und Maigret war mit leeren Händen gekommen. Aber er nahm sich vor, falls es ein nächstes Mal gab, sich ebenfalls auszurüsten.

»Hat er irgendwelche Namen fallen lassen?«

»Was für Namen?«

»Nun, von Chefs, Freunden, Kollegen …«

»Nein.«

»Hat er von einem Pariser Viertel erzählt?«

»Nur von der Rue de Bondy. Er ist immer wieder dorthin gegangen. Es schmerzte ihn, dass das Haus immer noch nicht abgerissen war.

›Wir hätten noch ein Jahr bleiben können‹, seufzte er.«

Die Ladenglocke klingelte, und Léone reckte in einer offenbar eingefleischten Bewegung den Hals, um zu sehen, wer den Laden betrat. Maigret erhob sich.

»Ich will Sie nicht länger stören.«

»Sie sind immer willkommen.«

Eine schwangere Frau stand vor der Theke. Er nahm seinen Hut und ging zur Tür.

»Ich danke Ihnen.«

Als er in den Wagen stieg, verfolgten ihn die Blicke der beiden Frauen zwischen Windeln, rosa und hellblauen Wollsachen.

»Wohin jetzt, Chef?«

Es war elf Uhr.

»Halte beim nächsten Bistro.«

»Aber gleich neben dem Geschäft ist doch eins.«

Er schämte sich, vor Léones Augen hineinzugehen.

»Fahr um die Ecke«, sagte er deshalb.

Er wollte Monsieur Kaplan anrufen und im Adressbuch die Anschrift von Monsieur Saimbron suchen.

Da er den Tag nun schon mit einem Calvados begonnen hatte, trank er bei der Gelegenheit an der Theke noch einen zweiten.

3

Das gekochte Ei

Maigret saß mittags allein in seiner Ecke in der Brasserie Dauphine. Das hatte etwas zu bedeuten; umso mehr, als nichts Dringendes ihn davon abhielt, zum Mittagessen nach Hause zu gehen. Wie gewöhnlich tranken einige Inspektoren vom Quai des Orfèvres hier ihren Aperitif, und ihre Blicke folgten ihm, als er zu seinem Tisch ging. Es war immer derselbe Platz an einem der Fenster mit Blick auf die Seine.

Obwohl die Inspektoren nicht zu seiner Abteilung gehörten, sahen sie einander wortlos an. Denn wenn Maigret diesen schweren Schritt hatte, diesen etwas unbestimmten Blick und einen Gesichtsausdruck, den man für schlechte Laune halten konnte, dann wusste jeder bei der Kriminalpolizei, was es zu bedeuten hatte. Man erlaubte sich vielleicht, darüber zu lächeln, allerdings nicht ohne einen gewissen Respekt. Denn früher oder später lief es immer auf dasselbe hinaus: Ein Mann – oder eine Frau – gestand ein Verbrechen.

»Ist das Kalbsragout gut?«, fragte Maigret.

»Aber sicher, Herr Kommissar.«

Ohne sich dessen bewusst zu sein, musterte er den Kellner so argwöhnisch, als wäre er ein Verdächtiger.

»Ein Bier?«

»Eine halbe Flasche roten Bordeaux.«

Es war purer Widerspruchsgeist. Wäre ihm der Wein empfohlen worden, hätte er ein Bier verlangt.

Den ganzen Vormittag war er noch nicht im Büro gewesen. Er kam eben von Monsieur Saimbron am Quai de la Mégisserie, und der Besuch hatte ihn ein wenig bedrückt.

Zuerst hatte er versucht, Max Kaplan telefonisch zu erreichen. Aber der befand sich, wie man ihm sagte, in Antibes, und wann er nach Paris zurückkommen würde, war ungewiss.

Die Eingangstür des Hauses am Quai de la Mégisserie war von zwei Geschäften umrahmt, in denen Vögel verkauft wurden. Die Käfige reichten bis weit auf den Gehweg hinaus.

»Monsieur Saimbron?«, hatte er die Concierge gefragt.

»Ganz oben. Nicht zu verfehlen.«

Vergeblich suchte er den Fahrstuhl. Es gab keinen, und er musste die sechs Treppen zu Fuß hinaufsteigen. Es war ein altes Haus mit düsteren, schmutzigen Wänden. Im obersten Stock wurde der Treppenabsatz von einer kleinen Lampe beleuchtet. Links neben der Tür hing eine rotschwarze Kordel, wie man sie manchmal an einem Morgenrock sieht. Er zog daran. Im Inneren ertönte nur ein leises, lächerliches Klingeln. Gleich darauf hörte er leichte Schritte, und die Tür öffnete sich. Ein geradezu gespenstisches Gesicht sah ihn an, lang, bleich und knochig, mit einem mehrtägigen, farblosen Bart und tränenden Augen.

»Monsieur Saimbron?«

»Das bin ich. Bitte, treten Sie ein.«

Der kurze Satz wurde noch durch einen hohl klingenden Hustenanfall unterbrochen.

»Entschuldigen Sie bitte. Meine Bronchitis …«

In der Wohnung herrschte ein fader, abstoßender Geruch. Man hörte das Zischeln eines Gasherds, auf dem Wasser kochte.

»Kommissar Maigret von der Kriminalpolizei.«

»Ja. Ich habe erwartet, dass Sie oder einer Ihrer Inspektoren zu mir kommt.«

Auf dem Tisch lag eine Decke mit altmodischem Blumenmuster, wie man sie nur noch bei Trödlern findet. Die Morgenzeitung war auf der Seite aufgeschlagen, wo kurz über den Mord an Louis Thouret berichtet wurde.

»Wollten Sie gerade zu Mittag essen?«, fragte Maigret.

Neben der Zeitung befanden sich ein Teller, ein mit Wein gefülltes Wasserglas und ein Stück Brot.

»Das hat Zeit.«

»Ich bitte Sie. Tun Sie, als wäre ich gar nicht da.«

»Nun, mein Ei ist jetzt ohnehin hart.«

Der alte Mann ging hinaus, um es zu holen. Das Zischen der Gasflamme verstummte.

»Nehmen Sie doch bitte Platz, Herr Kommissar. Und ziehen Sie lieber den Mantel aus. Wegen meiner kranken Bronchien muss ich sehr stark heizen.«

Er war wohl etwa so alt wie die Mutter von Mademoiselle Léone, doch hatte er niemanden, der sich um ihn kümmerte. Wahrscheinlich bekam er niemals Besuch. Der einzige Luxus in dieser Wohnung war der Ausblick. Man sah auf die Seine, den Justizpalast und den Blumenmarkt.

»Ist es lange her, dass Sie Monsieur Louis gesehen haben?«

Das Gespräch hatte eine halbe Stunde gedauert, weil Monsieur Saimbron immer wieder von seinen Hustenanfällen unterbrochen wurde. Außerdem aß er sein Ei unvorstellbar langsam.

Was hatte Maigret letztlich erfahren? Nichts, was er nicht schon von der Concierge in der Rue de Bondy oder von Léone wusste.

Auch für Saimbron war die Schließung der Firma Kaplan eine Katastrophe gewesen. Er hatte sich nicht einmal bemüht, eine neue Stellung zu finden. Er besaß einige Ersparnisse. Jahrelang hatte er geglaubt, sie würden für seine alten Tage ausreichen.

Aber durch die Geldabwertung war ihm gerade genug geblieben, um nicht zu verhungern. Wahrscheinlich war das gekochte Ei die einzige feste Nahrung des Tages.

»Glücklicherweise wohne ich hier schon seit vierzig Jahren!«

Er war verwitwet, ohne Kinder oder andere Verwandte.

Als Louis Thouret zu ihm gekommen war, hatte er keinen Augenblick gezögert, ihm das erbetene Geld zu leihen.

»Er sagte, dass es um Leben und Tod ging. Ich glaubte ihm.«

Mademoiselle Léone hatte Thouret gleichfalls Geld geliehen.

»Er hat es mir einige Monate später zurückgegeben.«

Aber war ihm während dieser Monate nicht ein Mal der Gedanke gekommen, Monsieur Louis könnte nie wieder auftauchen? Wie hätte er dann sein tägliches gekochtes Ei bezahlt?

»Hat er Sie oft besucht?«

»Zwei oder drei Mal. Beim ersten Mal, als er mir das Geld zurückbrachte, hat er mir eine Meerschaumpfeife geschenkt.«

Saimbron ging zu einem Bord, um die Pfeife zu holen. Auch mit dem Tabak musste er sparsam sein.

»Wann haben Sie ihn zuletzt gesehen?«

»Vor drei Wochen, auf einer Parkbank am Boulevard Bonne-Nouvelle.«

Fühlte sich auch der alte Buchhalter von dem Viertel angezogen, in dem er sein Leben lang gearbeitet hatte, und pilgerte immer wieder dorthin?

»Haben Sie mit ihm gesprochen?«

»Ich habe mich neben ihn gesetzt. Er wollte mich auf ein Glas in ein nahes Café einladen, aber ich habe abgelehnt. Die Sonne schien. Wir saßen da, haben geredet und die Passanten beobachtet.«

»Trug er gelbe Schuhe?«

»Das kann ich nicht sagen, darauf habe ich nicht geachtet.«

»Hat er Ihnen erzählt, was er tat?«

Monsieur Saimbron schüttelte den Kopf. Dieselbe schamhafte Zurückhaltung wie bei Mademoiselle Léone. Maigret glaubte sie beide zu verstehen. Er begann etwas wie Sympathie für Monsieur Louis zu empfinden, obwohl er nur sein vom Tod überraschtes Gesicht kannte.

»Wie sind Sie auseinandergegangen?«

»Ich hatte den Eindruck, dass jemand um die Bank herumstrich und ihm Zeichen machte.«

»Ein Mann?«

»Ja, in mittleren Jahren.«

»Was für ein Mann?«

»Einer der Typen, wie man sie in dem Viertel oft

auf den Bänken sitzen sieht. Er hat sich schließlich zu uns gesetzt. Aber kein Wort gesagt. Ich bin dann gegangen. Als ich mich noch einmal umdrehte, waren die beiden schon im Gespräch.«

»Freundschaftlich?«

»Nach Streit sah es jedenfalls nicht aus.«

Das war alles. Maigret war die Treppen hinuntergestiegen, hatte kurz überlegt, nach Hause zu gehen, sich aber entschieden, in der Brasserie Dauphine zu essen.

Es war ein grauer Tag. Trübe floss die Seine dahin. Maigret trank zum Kaffee noch einen kleinen Calvados und ging dann in sein Büro, wo ihn ein Haufen Papierkram erwartete. Kurz darauf wurde er vom Untersuchungsrichter Coméliau am Telefon verlangt.

»Was halten Sie von dem Fall Thouret? Der Staatsanwalt hat mir heute Morgen die Untersuchung übertragen und mitgeteilt, dass Sie den Fall bearbeiten. Ein Raubmord, vermute ich?«

Maigret antwortete nur mit einem Murmeln, das weder Ja noch Nein besagte.

»Die Familie fordert die Freigabe der Leiche. Ich wollte erst Ihre Zustimmung einholen. Benötigen Sie sie noch?«

»Hat Doktor Paul sie untersucht?«

»Er hat mir seinen Bericht telefonisch durchgegeben, heute Abend bekomme ich ihn schriftlich.

Das Messer hat die linke Herzkammer durchbohrt. Der Tod muss sofort eingetreten sein.«

»Keine Spuren von sonstigen Verletzungen oder Schlägen?«

»Nein.«

»Ich habe nichts dagegen, dass die Leiche freigegeben wird. Aber die Kleidungsstücke sollen im Labor untersucht werden.«

»Gut. Halten Sie mich weiter auf dem Laufenden.«

Untersuchungsrichter Coméliau war selten so milde gestimmt. Das lag wohl daran, dass die Presse kaum Notiz von dem Fall genommen hatte. Zudem ging er von einem Raubmord aus, und der interessierte ihn nicht, Raubmord interessierte niemanden.

Maigret stocherte in seinem Ofen, stopfte sich dann eine Pfeife und versenkte sich fast eine Stunde in die Papiere, machte hier eine Notiz, unterschrieb dort etwas und führte zwischendurch unbedeutende Telefongespräche.

»Darf ich reinkommen, Chef?«

Es war Santoni, geschniegelt und gestriegelt wie immer und wie immer nach Parfum duftend. Oft musste er sich deshalb von seinen Kollegen die Bemerkung gefallen lassen:

»Du stinkst ja wie eine Hure.«

Santoni sagte aufgeregt:

»Ich glaube, ich habe eine Spur entdeckt.«

Ohne sich zu rühren, sah Maigret ihn fragend an.

»Erstens kann ich Ihnen berichten, dass die Firma Geber & Bachelier, in der die Kleine arbeitet, mit Inkassogeschäften zu tun hat. Nichts Großes. Sie kaufen den Gläubigern die aufgegebenen Forderungen zu einem niedrigen Preis ab und treiben dann das Geld ein. Das ist keine Büroarbeit, sondern wird durch Hausbesuche erledigt. Monique Thouret arbeitet nur vormittags in der Rue de Rivoli. Nachmittags macht sie die Runde und geht zu Schuldnern.«

»Ich verstehe.«

»Das sind in der Mehrzahl kleine Leute, die sich einschüchtern lassen und schließlich bezahlen. Die Chefs habe ich nicht zu Gesicht bekommen. Aber ich habe mich vor das Haus gestellt und gewartet. In der Mittagspause habe ich aufgepasst, dass Monique Thouret mich nicht sieht, und eine ältere Kollegin angesprochen. Die mag Monique wohl schon deswegen nicht, weil sie jünger ist.«

»Und was hast du herausgefunden?«

»Die Kleine hat einen Freund.«

»Weißt du seinen Namen?«

»Ich komme noch darauf zurück, Chef. Sie kennen sich seit ungefähr vier Monaten und essen jeden Mittag gemeinsam in einem Schnellrestaurant am Boulevard Sébastopol. Er ist noch sehr jung, knapp neunzehn, und arbeitet als Verkäufer in einer großen Buchhandlung am Boulevard Saint-Michel.«

Maigret spielte mit den Pfeifen auf seinem Schreibtisch, und obwohl die, die er im Mund hatte, noch nicht zu Ende geraucht war, begann er sich eine neue zu stopfen.

»Der junge Mann heißt Albert Jorisse. Ich wollte ihn mir ansehen und bin deshalb in das Restaurant gegangen. Da herrschte ein Riesenbetrieb. Erst nach längerem Suchen habe ich Monique entdeckt. Sie saß ganz allein an einem Tisch. Ich habe mich in eine andere Ecke gesetzt und verflucht schlecht gegessen. Monique wirkte sehr nervös, sie hat die ganze Zeit zur Tür gesehen.«

»Ist er nicht gekommen?«

»Nein. Sie hat versucht, das Essen möglichst in die Länge zu ziehen. In diesen billigen Lokalen wird man aber sehr zügig bedient, und Leute, die trödeln, sind nicht gern gesehen. Ihr blieb nichts anderes übrig, als ihren Platz zu räumen. Dann ist sie noch fast eine Viertelstunde draußen auf und ab gegangen.«

»Und dann?«

»Sie war sicher mit ihren Gedanken nur bei dem, auf den sie wartete, deshalb hat sie mich nicht bemerkt. Dann ist sie in Richtung Boulevard Saint-Michel weitergegangen, und ich bin ihr gefolgt. Sie kennen doch die Buchhandlung dort an der Ecke, wo die Bücherkästen auf dem Gehweg stehen.«

»Kenn ich.«

»Da ist sie hineingegangen und hat sich an einen der Verkäufer gewandt. Der hat sie zur Kasse geschickt. Dort ließ sie nicht locker und sah immer enttäuschter aus, das habe ich beobachtet. Schließlich hat sie den Laden wieder verlassen.«

»Bist du ihr weiter gefolgt?«

»Ich dachte, es ist besser, wenn ich erst mal nach dem jungen Mann sehe. Ich habe die Buchhandlung betreten und den Geschäftsführer gefragt, ob er einen gewissen Albert Jorisse kenne. Er sagte, der sei nur vormittags dort. Ich war erstaunt, und er erklärte, dass es bei ihnen so üblich sei. Sie beschäftigen nämlich vor allem Studenten, und die können nur den halben Tag dort arbeiten.«

»Ist Jorisse Student?«

»Warten Sie. Ich wollte wissen, wie lange er schon in der Buchhandlung arbeitet. Man musste erst in den Unterlagen nachsehen. Er ist dort schon seit über einem Jahr. Anfangs den ganzen Tag, aber vor ungefähr drei Monaten hat er ihnen mitgeteilt, dass er Jura studieren will und nur noch vormittags im Geschäft sein kann.«

»Hast du seine Adresse?«

»Ja, er lebt bei seinen Eltern, in der Avenue de Châtillon, fast gegenüber der Montrouge-Kirche.

Aber ich bin noch nicht fertig. Heute ist Albert Jorisse nicht in der Buchhandlung erschienen. Das ist erst zwei oder drei Mal vorgekommen. Er hat bisher aber jedes Mal telefonisch Bescheid gegeben. Heute nicht.«

»War er gestern dort?«

»Ja. Ich habe mir gedacht, das könnte Sie interessieren, und habe deshalb ein Taxi zur Avenue de Châtillon genommen. Die Eltern, ganz biedere Leute, leben in einer blitzsauberen Wohnung im dritten Stock. Die Mutter war gerade beim Bügeln.«

»Hast du ihr gesagt, dass du von der Polizei bist?«

»Nein, ich habe getan, als wäre ich ein Freund ihres Sohnes und müsste ihn dringend sprechen.«

»Hat sie dich in die Buchhandlung geschickt?«

»Erraten! Sie ist völlig ahnungslos. Heute Morgen ist er wie immer um Viertel nach acht aus dem Haus gegangen. Über ein Jurastudium hat er nie etwas gesagt. Ihr Mann ist Angestellter eines Textilgroßhandels in der Rue des Victoires. Ihnen fehlt das Geld, um den Sohn studieren zu lassen.«

»Was hast du ihr darauf erwidert?«

»Ich habe gesagt, dann ist es wohl ein anderer Jorisse, den ich suche, und ob sie ein Foto von ihrem Sohn hat. Sie hat mir eins gezeigt, es stand auf dem Buffet im Esszimmer. Die gute Frau hat keine Ahnung. Ihre einzige Sorge war, dass ihr Bügeleisen kalt wird oder dass es die Wäsche versengt. Ich habe weiter auf sie eingequatscht …«

Maigret sagte nichts, aber begeistert war er nicht. Dass Santoni erst seit Kurzem in seiner Abteilung arbeitete, war mehr als deutlich. Nichts von dem, was er sagte, oder auch, wie er es sagte, passte zum Vorgehen Maigrets und seiner Mitarbeiter.

»Beim Gehen habe ich, ohne dass sie es merkte …«

»Gib her«, sagte Maigret und streckte die Hand aus. Er wusste doch längst, dass Santoni das Foto hatte mitgehen lassen! Ein magerer junger Mensch war darauf zu sehen, mit nervösem Gesichtsausdruck und sehr langen Haaren. Ein hübscher Junge, der bei den Frauen bestimmt gut ankam und das auch wusste.

»Ist das alles?«

»Wir werden ja sehen, ob er heute Abend nach Hause kommt, nicht wahr?«

Maigret seufzte:

»Ja, wir werden sehen.«

»Sind Sie nicht zufrieden?«

»Doch, doch.«

Wozu etwas sagen? Santoni würde sich schon machen, so wie die anderen sich gemacht hatten. Es war immer dasselbe, wenn er einen Inspektor von einer anderen Abteilung übernahm.

»Ich bin der Kleinen deshalb nicht nachgegangen, weil ich weiß, wo sie zu finden ist. Um halb, spätestens um Viertel vor sechs kommt sie jeden Tag ins Büro zurück, liefert die einkassierten Beträge ab und macht ihren Bericht. Soll ich hingehen?«

Maigret zögerte. Am liebsten hätte er gesagt, Santoni solle die Finger von der ganzen Sache lassen. Aber das wäre ungerecht gewesen, der Inspektor hatte immerhin sein Bestes getan.

»Vergewissere dich, ob sie ins Büro zurückkehrt und ob sie dann zum Bahnhof geht.«

»Vielleicht trifft sie ja ihren Liebsten.«

»Mag sein. Wann kommt er gewöhnlich nach Hause?«

»Um sieben Uhr wird gegessen. Dann ist er immer pünktlich da, selbst wenn er später noch ausgeht.«

»Die Familie hat wohl kein Telefon?«

»Nein.«

»Die Concierge auch nicht?«

»Ich glaube nicht. Das ist kein Haus, wo man Telefon hat. Ich sehe gleich mal nach.«

Er schlug in dem nach Straßen geordneten Verzeichnis nach.

»Geh nach halb acht hin und befrage die Concierge. Aber lass das Foto hier.«

Da Santoni es nun einmal entwendet hatte, konnte man es ebenso gut behalten. Möglicherweise war es noch nützlich.

»Werden Sie dann noch im Büro sein?«

»Ich weiß nicht, wo ich dann bin. Aber bleib auf alle Fälle in Verbindung mit dem Quai.«

»Was soll ich inzwischen tun? Bis ich zur Rue de Rivoli gehe, habe ich fast zwei Stunden Zeit.«

»Geh hinunter ins Register für Unterkünfte. Vielleicht ist Louis Thouret irgendwo gemeldet.«

»Glauben Sie, er hatte ein Zimmer in der Stadt?«

»Wo sollte er sonst seine gelben Schuhe und die bunte Krawatte gelassen haben, wenn er nach Hause fuhr?«

»Sie haben recht.«

Vor gut zwei Stunden war das Foto von Monsieur Louis in den Abendzeitungen erschienen. Es war nur ein kleines, unauffälliges Bild, und darunter stand:

Louis Thouret wurde gestern Nachmittag in einer Sackgasse am Boulevard Saint-Martin ermordet. Die Polizei verfolgt eine Spur.

Letzteres stimmte zwar nicht, aber die Zeitungen schmücken immer alles aus. Es war übrigens seltsam, dass der Kommissar noch nicht angerufen worden war. Das hatte er erwartet und war eigentlich aus diesem Grund zurück ins Büro gegangen. Jetzt schlug er die Zeit mit Papierkram tot.

Fast immer in einem solchen Fall gibt es Leute, die das Opfer wiederzuerkennen meinen, zu Recht oder zu Unrecht. Oder die einen Verdächtigen in der Nähe des Tatorts haben herumlungern sehen. Meistens halten diese Angaben einer Nachprüfung nicht stand, doch manchmal kommt man der Wahrheit auf die Spur.

Seit drei Jahren verließ Monsieur Louis, wie seine ehemaligen Kollegen und die Concierge in der Rue de Bondy ihn nannten, Juvisy morgens mit immer demselben Zug und kehrte abends mit immer demselben Zug zurück. Und sein Mittagessen nahm er in einer Wachstuchtasche mit, so wie er es sein Leben lang getan hatte.

Aber was machte er, wenn er an der Gare de Lyon ausgestiegen war? Das blieb ein Geheimnis.

Abgesehen von den ersten Monaten. Da hatte er höchstwahrscheinlich verzweifelt eine neue Stellung gesucht, sich wie so viele andere vor den Zeitungsfilialen angestellt und sich auf die Stellenanzeigen gestürzt. Vielleicht hatte er sogar versucht, an Haustüren Staubsauger zu verkaufen.

Er war nicht erfolgreich gewesen, sonst hätte er Mademoiselle Léone und den alten Buchhalter nicht angepumpt.

Dann verlor sich für einige Monate seine Spur. Er musste Geld verdienen, und zwar nicht nur das, was seinem Gehalt bei Kaplan entsprach, sondern auch, was er seinen Gläubigern schuldete.

In dieser ganzen Zeit war er jeden Abend, als

wäre alles in bester Ordnung, nach Hause gekommen mit der zufriedenen Miene eines Mannes, der Feierabend hat.

Seine Frau hatte nicht den geringsten Verdacht geschöpft, ebenso wenig seine Tochter, seine Schwägerinnen, seine beiden Schwäger, die beide bei der Bahn arbeiteten.

Eines schönen Tages schließlich war er mit dem Geld, das er Mademoiselle Léone schuldete, sowie einem Geschenk für sie und Süßigkeiten für ihre alte Mutter in der Rue Clignancourt erschienen.

Nicht zu vergessen: in den gelben Schuhen!

Waren die gelben Schuhe der Grund für Maigrets Interesse an diesem Mann? Er gestand es sich jedenfalls nicht ein. Auch er hatte jahrelang davon geträumt, kackgelbe Schuhe zu tragen. Sie waren damals groß in Mode gewesen, genau wie sehr kurze Gummimäntel, die sogenannten Pets-en-l'air.

Eines Tages, zu Anfang seiner Ehe, hatte er beschlossen, sich gelbe Schuhe zu kaufen, und war fast rot geworden, als er den Laden betrat. Übrigens war das am Boulevard Saint-Martin gewesen, gegenüber dem Théâtre de l'Ambigu. Er hatte es nicht gewagt, sie gleich anzuziehen, und als er das Paket vor seiner Frau öffnete, hatte sie ihn mit einem seltsamen Lächeln angeblickt.

»Die willst du doch nicht etwa tragen?«

Er hatte sie dann nie getragen. Madame Maigret hatte die Schuhe zurückgebracht unter dem Vorwand, dass sie ihn drückten.

Louis Thouret hatte sich ebenfalls gelbe Schuhe gekauft, und in Maigrets Augen hatte das etwas zu bedeuten.

Zunächst einmal, das hätte er geschworen, war es ein Zeichen der Befreiung. Denn solange er die fabelhaften gelben Schuhe an den Füßen hatte, konnte er sich wie ein freier Mann fühlen. Seine Frau, seine Schwägerinnen, seine Schwäger hatten bis zu dem Augenblick, da er wieder die schwarzen Schuhe anzog, keine Gewalt mehr über ihn.

Aber es gab noch eine weitere Bedeutung. An ebendem Tag, als Maigret sich seine Schuhe kaufte, hatte der Kommissar des Viertels Saint-Georges, wo er damals arbeitete, ihm mitgeteilt, dass sein Gehalt um zehn Franc monatlich – zehn Franc im damaligen Wert wohlgemerkt! – erhöht worden war.

Monsieur Louis musste sich auch wie ein Krösus gefühlt haben. Er hatte dem alten Buchhalter eine Meerschaumpfeife geschenkt und seinen beiden Gläubigern, die ihm vertraut hatten, alles zurückgezahlt. Von nun an stand einem Besuch bei ihnen, vor allem bei Mademoiselle Léone, nichts mehr im Weg. Und auch die Concierge in der Rue de Bondy konnte er jetzt wieder besuchen.

Warum hatte er ihr nichts von seiner Tätigkeit verraten?

Nur durch Zufall hatte ihn die Concierge eines Morgens um elf Uhr auf einer Bank am Boulevard Saint-Martin sitzen sehen.

Sie hatte ihn nicht angesprochen, sogar einen Umweg gemacht, um nicht von ihm bemerkt zu werden. Maigret konnte sie verstehen. Was ihr gegen den Strich ging, war die Bank. Ein Mann wie Monsieur Louis, der sein Leben lang zehn Stunden am Tag gearbeitet hat, und dann sieht man ihn faul auf einer Bank sitzen! Und das nicht etwa an einem Sonntag, auch nicht nach Feierabend, sondern um elf Uhr vormittags, wo in allen Büros und Geschäften gearbeitet wird!

Und erst vor Kurzem hatte auch Monsieur Saimbron seinen früheren Kollegen auf einer Bank sitzen gesehen. Dieses Mal am Boulevard Bonne-Nouvelle, nur wenige Schritte entfernt vom Boulevard Saint-Martin und der Rue de Bondy.

Es war aber am Nachmittag, und so hatte Monsieur Saimbron im Gegensatz zur Concierge nichts Beschämendes dabei gefunden. Oder hatte Louis Thouret ihn zuerst bemerkt?

War der ehemalige Lagerverwalter mit irgendjemandem verabredet? Wer war dieser Mann, der um die Bank herumzustreichen und nur auf ein Zeichen zu warten schien, um sich dazuzusetzen?

Monsieur Saimbron konnte ihn nicht beschreiben, er hatte ihn wohl nicht genauer betrachtet. Aber was er gesagt hatte, war trotzdem aufschlussreich: »einer der Typen, wie man sie in dem Viertel oft auf den Bänken sitzen sieht.«

Einer dieser Menschen ohne bestimmten Beruf, die viele Stunden auf den Bänken der Boulevards verbringen und mit vagem Blick die Passanten an sich vorüberziehen lassen. Wobei die aus Saint-Martin denen auf bestimmten Plätzen oder in manchen Anlagen gar nicht ähnlich sind. Im Parc Montsouris zum Beispiel sitzen meistens Rentner aus der näheren Umgebung.

Aber Rentner verirren sich nicht auf den Boulevard Saint-Martin, es sei denn, um auf einer der Terrassen einen Kaffee zu trinken.

Da waren einerseits die gelben Schuhe, und andererseits war da die Bank. Und diese beiden Dinge passten in Maigrets Vorstellung nicht zusammen.

Vor allem aber war da die Tatsache, dass Monsieur Louis an einem trüben, regnerischen Nachmittag gegen halb fünf in eine Sackgasse hineingegangen war, offenbar nur, damit ihm jemand leise folgen und ein Messer zwischen die Schulterblätter rammen konnte, und das kaum zehn Meter entfernt von der belebten Straße.

Das Foto war in den Zeitungen erschienen, aber niemand rief an. Maigret fuhr fort, Polizeiberichte zu kommentieren und Formulare zu unterschreiben. Draußen verdichtete sich das trübe Grau, ging in Dunkelheit über. Er musste seine Lampe einschalten. Die Uhr auf dem Kamin zeigte auf drei. Maigret stand auf und nahm seinen dicken Mantel vom Haken.

Bevor er ging, öffnete er die Tür zu den Inspektoren.

»In ein oder zwei Stunden bin ich zurück.«

Es lohnte sich nicht, einen Wagen zu nehmen. Am Ende des Quais sprang er auf die Plattform eines Busses und stieg einige Minuten später am Boulevard Sébastopol, Ecke Grands Boulevards, wieder ab.

Gestern um diese Zeit hatte Louis Thouret noch gelebt, und auch er war, wie Maigret jetzt, hier durch die Gegend gestreift und hatte genug Zeit gehabt, um seine gelben Schuhe durch schwarze zu ersetzen, dann gemächlich zur Gare de Lyon zu gehen und von dort nach Juvisy zurückzufahren.

Auf den Gehwegen herrschte großes Gedränge. An jeder Straßenkreuzung musste man eine Weile warten. Dabei bildeten sich Menschentrauben, die auf das Signal hin vorwärtsstürzten.

Das muss sie sein, dachte er, als er auf der anderen Seite des Boulevard Bonne-Nouvelle eine Bank bemerkte.

Niemand saß dort, aber aus der Ferne ließ sich ein

Stück zerknittertes Papier erkennen, fettiges Papier. Maigret hätte schwören können, dass Schinken darin eingewickelt gewesen war.

An der Ecke Rue Saint-Martin gingen Straßenmädchen auf und ab. Andere hockten in einer kleinen Bar, wo vier Männer an einem runden Tisch Karten spielten.

An der Theke entdeckte Maigret eine vertraute Gestalt: Inspektor Neveu. Er wartete draußen auf ihn. Eines der Mädchen glaubte, er sei ihretwegen stehen geblieben, und er winkte zerstreut ab.

Wenn Neveu hier war, hatte er die Mädchen bestimmt schon befragt. Er kam schließlich aus dem Viertel und kannte sie alle.

»Wie sieht es aus?«, fragte Maigret, als Neveu herauskam.

»Sie sind auch hier?«

»Bloß auf einem kleinen Rundgang.«

»Ich bin schon seit acht Uhr morgens unterwegs. Muss mindestens fünfhundert Leute vernommen haben.«

»Hast du das Lokal gefunden, wo er immer zu Mittag aß?«

»Woher wissen Sie das?«

»Ich vermute, dass er mittags hier in der Gegend gegessen hat, und einer wie er geht bestimmt immer in dasselbe Lokal.«

»Dort drüben«, sagte Neveu und deutete auf

ein Restaurant, das einen gemütlichen Eindruck machte.

»Da hatte er seine eigene Serviette mit Ring.«

»Und was sagt man über ihn?«

»Die Kellnerin, die ihn immer bedient hat – er setzte sich nämlich immer hinten an denselben Tisch, nicht weit von der Theke –, sieht aus wie eine Wikingerin, braunhaarig, mit kräftigem Damenbart. Wissen Sie, wie sie ihn nannte?«

Woher sollte er das wissen!

»›Mein Kleiner‹ hat sie ihn genannt. Das hat sie zu mir gesagt.

›Nun, mein Kleiner, was möchten Sie heute essen?‹

Sie behauptet, dass er das gern mochte. Er hat mit ihr über den Regen oder das schöne Wetter geredet, hat ihr aber nie den Hof gemacht.

Die Kellnerinnen in dem Restaurant dort haben nachmittags zwei Stunden frei, bevor sie die Tische zum Abend eindecken.

Sie hat wohl mehrmals, wenn sie gegen drei Uhr aus dem Lokal kam, Monsieur Louis auf einer Bank sitzen sehen. Er hat ihr jedes Mal zugewinkt.

Einmal hat sie ihn angesprochen:

›Sagen Sie mal, mein Kleiner, Sie müssen sich wohl kein Bein ausreißen?‹

Er antwortete, dass er nachts arbeite.«

»Hat sie es geglaubt?«

»Ja. Sie scheint ihn verehrt zu haben.«

»Hat sie die Zeitung gelesen?«

»Nein. Ich habe ihr gesagt, dass er getötet wurde. Sie wollte es gar nicht glauben.

Das ist kein teures Restaurant, aber auch kein ganz billiges. Monsieur Louis hat sich jeden Mittag seine halbe Flasche Wein geleistet.«

»War er auch anderen Leuten aus dem Viertel bekannt?«

»Bis jetzt weiß ich von etwa einem Dutzend. Eins der Straßenmädchen hat ihn fast jeden Tag gesehen. Das erste Mal versuchte sie, ihn zum Mitgehen zu bewegen. Aber er winkte höflich ab, nicht von oben herab wie andere, und seitdem fragte sie ihn jedes Mal, wenn sie ihm begegnete:

›Nun, wie wär's heute?‹

Daran hatten sie beide ihren Spaß. Wenn sie mit einem Freier davonging, blinzelte er ihr zu.«

»Ist er nie mit einem der Mädchen mitgegangen?«

»Nein.«

»Haben die Mädchen ihn je mit einer Frau gesehen?«

»Nein, sie nicht, aber einer der Verkäufer des Juweliergeschäfts.«

»Das Juweliergeschäft, in dessen Nähe er ermordet wurde?«

»Richtig. Als ich den Verkäufern und Verkäuferinnen das Foto zeigte, hat einer ihn wiedererkannt.

›Das ist ja der Mann, der vorige Woche einen Ring gekauft hat!‹, hat er ausgerufen.«

»War Monsieur Louis mit einer jungen Frau zusammen?«

»Besonders jung war sie nicht. Der Verkäufer hat sie sich nicht genauer angesehen, er hielt die beiden für ein Ehepaar. Er hat nur bemerkt, dass sie einen Silberfuchs und einen Anhänger in Form eines vierblättrigen Kleeblatts trug.

›Wir verkaufen nämlich genau dieselben Anhänger‹, sagte er.«

»War der Ring wertvoll?«

»Vergoldet, mit einem unechten Diamanten.«

»Haben die beiden irgendetwas gesagt vor dem Verkäufer?«

»Sie haben wie Mann und Frau gesprochen. Nichts besonders Interessantes. Der Juwelier kann sich jedenfalls an keine Einzelheiten erinnern.«

»Würde er die Frau wiedererkennen?«

»Nicht mit Bestimmtheit. Sie war schwarz gekleidet und trug Handschuhe. Beim Aufprobieren des Rings ließ sie einen Handschuh auf der Theke liegen, und Monsieur Louis wandte sich noch einmal um und holte ihn. Sie wartete an der Tür auf ihn. Sie ist übrigens größer als er. Draußen hat sie sich bei ihm eingehakt, und sie sind in Richtung Place de la République gegangen.«

»Das ist alles?«

»Ja. Es braucht eben seine Zeit. Ich habe weiter oben in der Rue Montmartre begonnen, aber da war gar nichts herauszubekommen. Halt – kennen Sie die Waffelverkäufer an der Rue de la Lune?«

Dort wurden in kleinen offenen Buden Waffeln gebacken, wie auf dem Jahrmarkt. Schon an der Straßenecke schlug einem der süße Duft entgegen.

»Dort erinnern sie sich an ihn. Er kam ziemlich oft und kaufte Waffeln, immer drei Stück. Aber er aß sie nicht sofort, sondern nahm sie mit.«

Es waren Riesenwaffeln, laut Reklameschild die größten von Paris. Es war also unwahrscheinlich, dass Monsieur Louis nach einem üppigen Mittagessen drei davon hätte verzehren können.

Aber jemand wie er würde die Waffeln auch nicht auf einer Bank essen. Hatte er sie mit der Frau geteilt, der er den Ring gekauft hatte? In diesem Fall musste sie in der Nähe wohnen.

Oder waren sie am Ende für den Mann bestimmt gewesen, mit dem Monsieur Saimbron ihn gesehen hatte?

»Soll ich weitermachen?«

»Aber natürlich«, erwiderte Maigret.

Es versetzte ihm einen leisen Stich. Er hätte sich am liebsten selbst darum gekümmert, wie zu der Zeit, als er noch einfacher Inspektor war.

»Wohin gehen Sie jetzt, Chef?«

»Ich werfe noch einen Blick in die Sackgasse.«

Er erhoffte sich nichts davon. Aber da er nun einmal kaum hundert Meter vom Tatort entfernt war, wollte er sich noch einmal ansehen, wo Monsieur Louis ermordet worden war. Es war jetzt fast die gleiche Uhrzeit. Aber heute gab es keinen Nebel. In der Sackgasse war es trotzdem stockfinster, man sah überhaupt nichts, weil das grelle Licht des Juwelierladens blendete.

Die erwähnten Waffeln hatten Erinnerungen an Jahrmärkte in Maigret geweckt. Ihm kam der Gedanke, dass Thouret in der Sackgasse möglicherweise nur kurz hatte austreten wollen, aber es gab ein Pissoir genau gegenüber, das sprach dagegen.

»Wenn ich nur die Frau auftreiben könnte«, seufzte Neveu, dem nach all dem Umherlaufen die Füße wehtaten.

Maigret hingegen hätte lieber den Mann gefunden, der still um Erlaubnis gebeten und sich dann neben Monsieur Louis auf die Bank gesetzt hatte, obwohl dieser gerade mit dem Buchhalter sprach. Deshalb beobachtete Maigret jede Bank, eine nach der anderen. Auf einer saß ein alter Clochard, neben sich eine halb volle Literflasche Rotwein, aber der konnte nicht der Gesuchte sein. Monsieur Saimbron hätte sonst gesagt:

»Ein Clochard.«

Auf einer anderen Bank saß eine dicke Frau aus der Provinz, wartete darauf, dass ihr Mann aus dem

Pissoir wiederkam, und ruhte ihre geschwollenen Beine aus.

»An deiner Stelle würde ich mich weniger für die Läden als für die Leute auf den Bänken interessieren.«

Maigret hatte am Anfang seiner Laufbahn lange genug die Runde machen müssen, um zu wissen, dass jede Bank ihre Stammgäste hat, die sich immer zur gleichen Zeit auf ihr niederlassen.

Die Vorübergehenden beachten sie kaum, selten wirft jemand einmal einen Blick auf die Menschen, die auf den Bänken hocken. Die aber kennen sich alle untereinander. So hatte sich Madame Maigret einmal, als sie zum Zahnarzt bestellt, aber zu früh gewesen war, beim Warten auf einer Bank auf dem Square d'Anvers mit der Mutter eines kleinen Jungen unterhalten – und dabei ganz zufällig die Spur eines Mörders entdeckt.

»Soll ich eine Razzia durchführen?«

»Auf keinen Fall! Du sollst dich nur auf eine Bank setzen und Bekanntschaften machen.«

»Gut, Chef«, murmelte Neveu verdrossen, den diese Aussicht wenig begeisterte. Lieber wäre er sogar weiter herumgelaufen.

Er ahnte nicht, dass der Kommissar gern an seiner Stelle gewesen wäre.

4
Das Begräbnis im Regen

Am nächsten Tag, es war Mittwoch, hatte Maigret als Zeuge vor dem Schwurgericht zu erscheinen und verbrachte den größten Teil des Nachmittags mit anderen Zeugen in einem öden Warteraum. Keiner hatte daran gedacht, den Raum zu heizen, und die Wartenden erstarrten allmählich zu Eis. Zehn Minuten später, nachdem der Hebel umgelegt worden war, war es dann viel zu heiß. Es roch stark nach schlecht gewaschenen Körpern und selten gelüfteter Kleidung.

Man verhandelte gegen einen gewissen René Lecœur, der vor sieben Monaten seine Tante mit einer Flasche erschlagen hatte. Er war erst zweiundzwanzig Jahre alt, hatte den kräftigen Körper eines Lastenträgers in den Markthallen und das Gesicht eines ungezogenen Schuljungen.

Warum wurden die Räume im Palais de Justice, wo das Licht immer trüb war, nicht besser beleuchtet?

Maigret verließ das Gerichtsgebäude in niedergeschlagener Stimmung. Ein junger Anwalt, der vor allem durch seine Angriffslust von sich reden machte, hatte die Zeugen, einen nach dem anderen, heftig attackiert.

Mit Maigrets Vernehmung versuchte er zu beweisen, dass der Angeklagte nur infolge schlechter Behandlung am Quai des Orfèvres gestanden hätte. Das stimmte nicht. Nicht nur das, der Anwalt wusste auch, dass es nicht stimmte.

»Vielleicht sagt uns der Zeuge, wie viele Stunden das erste Verhör meines Klienten gedauert hat?«

Der Kommissar war auf diese Frage gefasst.

»Siebzehn Stunden.«

»Und er hat in der Zeit nichts zu essen bekommen?«

»Lecœur hat die Sandwiches, die ihm angeboten wurden, zurückgewiesen.«

Der Anwalt schien zu den Geschworenen sagen zu wollen:

Da sehen Sie's, meine Herren! Siebzehn Stunden ohne Nahrung!

Hatte Maigret in der Zeit etwa mehr als zwei Sandwiches gegessen? Und er hatte niemanden ermordet!

»Gibt der Zeuge zu, am siebten März um drei Uhr nachts den Angeklagten geschlagen zu haben, obwohl der arme Kerl ihn in keiner Weise provoziert hatte und zudem Handschellen trug?«

»Nein.«

»Der Zeuge bestreitet, ihn geschlagen zu haben?«

»Ich habe ihm lediglich eine Ohrfeige gegeben, so wie ich meinen eigenen Sohn ohrfeigen würde.«

Der Anwalt war im Unrecht. So durfte er sich nicht verhalten. Aber ihn interessierten nur die Wirkung bei den Zuhörern und die Berichte der Zeitungen.

Dieses Mal hatte er sich entgegen den Regeln persönlich an Maigret gewandt, zuckersüß und bissig zugleich.

»Sie haben einen Sohn, Herr Kommissar?«

»Nein.«

»Sie haben keine Kinder? ... Verzeihung, ich konnte Ihre Antwort nicht verstehen.«

Der Kommissar hatte zweimal laut wiederholen müssen, dass sein einziges Kind, ein Mädchen, früh gestorben war. Das war alles. Er hatte dann den Gerichtssaal verlassen, in der Kantine des Palais de Justice ein Bier getrunken und war ins Büro zurückgekehrt. Lucas, der eben eine vierzehntägige Ermittlung abgeschlossen hatte, war inzwischen auch mit dem Fall Thouret beschäftigt.

»Gibt es etwas Neues vom jungen Jorisse?«

»Immer noch nichts.«

Monique Thourets Liebhaber war am Abend zuvor nicht nach Hause gekommen, weder am heutigen Vormittag in der Buchhandlung erschienen noch mittags in dem Restaurant am Boulevard Sébastopol, wo er gewöhnlich mit der jungen Frau aß.

Lucas bemühte sich, Albert Jorisse zu finden, indem er auch Bahnhöfe, Gendarmerien und Grenzposten in die Suche mit einbezog.

Janvier dagegen und vier seiner Kollegen fahndeten weiter in allen Eisenwarengeschäften nach dem Verkäufer des Messers.

»Hat Neveu angerufen?«

»Vor einer halben Stunde. Er ruft um sechs noch einmal an.«

Maigret fühlte sich ein wenig erschöpft. Das Bild René Lecœurs auf der Anklagebank verfolgte ihn. Ebenso wie das der starr dasitzenden Geschworenen, der Zuhörermenge im trüben Licht des Saals mit den dunklen Holztäfelungen, die Stimme des Anwalts. Und doch, das alles ging ihn nichts mehr an. Wenn die Kriminalpolizei einen Täter dem Untersuchungsrichter übergeben hatte, war die Rolle des Kommissars beendet. Die Dinge liefen dann allerdings nicht immer so, wie er es sich gewünscht hätte. Er wusste auch diesmal nur zu gut, was geschehen würde. Und wäre es seine Sache gewesen …

»Hat Lapointe nichts gefunden?«

Jeder hatte eine bestimmte Aufgabe. Der kleine Lapointe ging von einer Zimmervermieterin zur nächsten. Er begann am Boulevard Saint-Martin und zog immer größere Kreise. Irgendwo musste Monsieur Louis schließlich seine Schuhe gewechselt haben. Entweder hatte er ein eigenes Zimmer gemietet oder die Wohnung eines anderen mitbenutzt. Vielleicht die der Frau mit Silberfuchs, die wie seine Ehefrau gewirkt und für die er einen Ring gekauft hatte?

Santoni behielt Monique weiterhin im Auge, in der Hoffnung, dass Albert Jorisse versuchen würde, mit ihr in Verbindung zu treten oder ihr wenigstens eine Nachricht zuzuspielen.

Die Familie hatte den Leichnam am vorangegangenen Abend von einem Beerdigungsinstitut abholen lassen.

Das Begräbnis war für den nächsten Tag angesetzt.

Maigret hatte wieder einen Haufen Papiere vor sich, musste unzählige Schriftstücke unterschreiben und belanglose Telefongespräche führen. Es war seltsam, dass kein einziger Mensch im Fall von Monsieur Louis angerufen, geschrieben oder sich persönlich eingefunden hatte. Als hätte sein Tod überhaupt keine Spur hinterlassen.

»Hallo! Maigret am Apparat.«

Es war Neveu. Er rief offenbar aus einem Bistro an, denn man hörte Musik im Hintergrund, vermutlich aus dem Radio.

»Immer noch nichts Genaueres, Chef. Ich habe drei weitere Personen aufgestöbert, darunter auch eine alte Frau. Sie alle verbringen viel Zeit auf den Bänken an den Boulevards und erinnern sich an ihn. Sie sagen alle dasselbe. Er war liebenswürdig, immer höflich und zu einer Unterhaltung bereit. Die alte Frau erklärte, dass er gewöhnlich in Richtung Place de la République ging. Im Gewühl verlor sie ihn bald aus den Augen.«

»Hat sie ihn mal mit jemand anders gesehen?«

»Nein. Aber ein Clochard hat zu mir gesagt:

›Er wartete auf irgendwen, und als der Mann kam, ist er mit ihm fortgegangen.‹

Beschreiben konnte er ihn auch nicht. Er hat nur wiederholt:

›So einer, wie man sie massenweise sieht.‹«

»Also mach weiter«, seufzte Maigret.

Dann rief er seine Frau an und sagte, dass er sich verspäten würde, ging hinunter, stieg ins Auto und ließ sich nach Juvisy fahren. Es war windig. Die Wolken hingen tief, wie an der Küste, wenn ein Sturm heranzieht. Nur mit Mühe konnte der Chauffeur die Rue des Peupliers wiederfinden. Diesmal brannte nicht nur im Küchenfenster Licht, sondern auch im Zimmer im ersten Stock.

Die Klingel funktionierte nicht. Sie war wegen des Trauerfalls abgestellt. Aber jemand hatte Maigret kommen hören, und die Tür öffnete sich einen Spaltbreit. Er sah eine ihm unbekannte Frau, sie war etwa vier oder fünf Jahre älter als Madame Thouret und sah ihr ähnlich.

»Kommissar Maigret«, sagte er.

Zur Küche gewandt, rief sie darauf:

»Émilie!«

»Ich hab's schon gehört. Lass ihn herein.«

Man empfing ihn in der Küche, denn im Esszimmer war der Tote aufgebahrt. In dem engen Flur roch es nach Blumen und Kerzen. Mehrere Menschen saßen bei einer kalten Mahlzeit am Küchentisch.

»Entschuldigen Sie die Störung.«

»Darf ich Ihnen meinen Schwager vorstellen, Monsieur Magnin. Er ist Schaffner bei der Bahn.«

»Sehr angenehm.«

Magnin wirkte förmlich und dümmlich zugleich. Er hatte einen roten Schnurrbart und einen stark hervorspringenden Adamsapfel.

»Meine Schwester Jeanne kennen Sie ja. Und dies ist Céline.«

Die vielen Menschen fanden kaum Platz in dem winzigen Raum. Monique war als Einzige nicht von ihrem Stuhl aufgestanden. Sie starrte den Kommissar an. Sie schien anzunehmen, er wäre ihretwegen gekommen und wollte sie zu Albert Jorisse befragen. Sie wirkte wie gelähmt vor Angst.

»Mein Schwager Landin, Célines Mann, kommt

erst heute Nacht mit dem Train Bleu zurück. Er wird rechtzeitig zur Beerdigung hier sein. Aber möchten Sie sich nicht setzen?«

Maigret schüttelte den Kopf.

»Würden Sie ihn gern sehen?«

Sie wollte ihm unbedingt zeigen, wie gut sie alles arrangiert hatte. Er folgte ihr in das Nebenzimmer, wo Louis Thouret im noch offenen Sarg lag.

Fast hauchend flüsterte sie:

»Man könnte meinen, er schläft.«

Er tat, was sich gehörte, tauchte einen Buchsbaumzweig in Weihwasser, bekreuzigte sich, bewegte leise die Lippen und bekreuzigte sich von Neuem.

»Er hat seinen Tod nicht gespürt«, sagte er dann leise.

Sie fügte hinzu:

»Er hat das Leben so geliebt!«

Auf Zehenspitzen verließen sie das Zimmer, und sie schloss die Tür. Die anderen warteten darauf, dass Maigret wieder ging, damit sie weiteressen konnten.

»Werden Sie an dem Begräbnis teilnehmen, Herr Kommissar?«

»Ja. Deswegen bin ich gekommen.«

Monique war immer noch wie versteinert. Doch nun war sie erleichtert. Maigret schien sie gar nicht zu beachten, und sie wagte kaum, sich zu rühren, als würde sie damit das Schicksal herausfordern.

»Sie und Ihre Schwestern werden im Gegensatz zu mir vermutlich die meisten der Trauergäste kennen, die an der Beerdigung teilnehmen.«

»Ich verstehe«, rief der Schwager Magnin, als hätten Maigret und er den gleichen Gedanken gehabt.

Und zu den anderen gewandt, schien er zu sagen: Ihr werdet schon sehen.

»Ich möchte Sie bitten, mich darauf aufmerksam zu machen, falls jemand dort ist, dessen Anwesenheit Ihnen merkwürdig vorkommt.«

»Glauben Sie, dass der Mörder kommen wird?«

»Nicht unbedingt der Mörder. Ich möchte nur keinesfalls etwas versäumen. Vergessen Sie nicht, dass uns das Leben Ihres Mannes in den letzten drei Jahren zum Teil unbekannt ist.«

»Denken Sie an eine Frau?«

Nicht nur ihr Gesicht verdunkelte sich, auch ihre beiden Schwestern blickten automatisch düster drein.

»Ich denke an gar nichts. Ich bin auf der Suche. Wenn Sie mir morgen ein Zeichen machen, weiß ich sofort, was es bedeutet.«

»Sie meinen also, wen immer wir nicht kennen?«

Er nickte und entschuldigte sich noch einmal für die Störung. Magnin brachte ihn zur Tür.

»Haben Sie schon eine Spur?«, fragte ihn Magnin, von Mann zu Mann, wie man einen Arzt fragt, der aus dem Krankenzimmer kommt.

»Nein.«

»Nicht die geringste Vermutung?«

»Nicht die geringste. Guten Abend.«

Dieser Besuch hatte ihn nicht von der Last befreien können, die sich auf seine Schultern gesenkt hatte, während er auf die Vernehmung im Prozess Lecœur wartete. Auf der Rückfahrt nach Paris hatte er einen Gedanken, der eigentlich ganz nebensächlich war. Als Zwanzigjähriger war er in die Hauptstadt gekommen. Was ihn damals am meisten beschäftigt hatte, war das ständige Gären in der Großstadt, dieses unaufhörliche Getriebensein Hunderttausender Menschen, die nach irgendetwas suchten.

An einigen, sozusagen strategischen Punkten war dieses Gären stärker zu spüren als anderswo, zum Beispiel in den Markthallen, auf der Place Clichy, an der Bastille oder an ebendem Boulevard Saint-Martin, wo Monsieur Louis ermordet worden war.

In dieser ewig weiterdrängenden Menge hatten ihn besonders jene erschüttert und in eine Art romantisches Fieber versetzt, die den Halt verloren hatten, die Entmutigten, Geschlagenen, Gescheiterten, die unaufhaltsam vor die Hunde gingen.

Inzwischen hatte er gelernt, sie zu erkennen, aber heutzutage interessierten sie ihn weniger als jene, die etwas weiter oben auf der Leiter standen, die anständig und ordentlich Tag für Tag ganz unromantisch darum kämpften, oben zu bleiben oder die Illusion zu bewahren, dass sie wirklich existierten und dass das Leben die Mühe wert war.

Fünfundzwanzig Jahre lang hatte Monsieur Louis jeden Morgen denselben Zug genommen, hatte mit denselben Leuten im Abteil gesessen, die Wachstuchtasche mit seinem Mittagessen unterm Arm, und war abends in das Haus der drei Schwestern zurückgekehrt. So hätte Maigret es am liebsten bezeichnet, denn selbst wenn Céline und Jeanne in anderen Straßen wohnten, so waren sie doch neben seiner Ehefrau Émilie allzeit gegenwärtig und versperrten wie eine hohe Steinmauer den Blick in die Weite.

»Ins Büro, Chef?«

»Nein, zu mir.«

An diesem Abend führte er Madame Maigret wie gewöhnlich in das Kino am Boulevard Bonne-Nouvelle und ging zweimal Arm in Arm mit ihr an der Sackgasse am Boulevard Saint-Martin vorüber.

»Bist du verstimmt?«

»Nein.«

»Du hast den ganzen Abend kein Wort gesagt.«

»Das habe ich gar nicht bemerkt.«

Nachts um drei oder vier Uhr begann es zu regnen, und Maigret hörte im Schlaf das Wasser von den Dachrinnen tropfen. Als er frühstückte, goss es wie aus Kübeln, dazu stürmische Böen, sodass die Leute auf der Straße verzweifelt ihre Schirme umklammerten, die jeden Augenblick umzuschlagen drohten.

»Richtiges Allerheiligen-Wetter«, sagte Madame Maigret.

In seiner Erinnerung war es zu Allerheiligen immer grau, windig und kalt gewesen, aber es hatte nie geregnet. Er konnte nicht sagen, warum.

»Hast du viel Arbeit?«

»Ich weiß es noch nicht.«

»Du solltest lieber deine Gummischuhe anziehen.«

Das tat er. Als er ein Taxi gefunden hatte, war er an den Schultern durchnässt, und das kalte Wasser rann ihm vom Hut.

»Zum Quai des Orfèvres.«

Die Beerdigung war um zehn Uhr. Er ging für einen Augenblick in das Büro des Chefs, blieb aber nicht bis zum Ende der Dienstbesprechung. Er wartete auf Neveu, der ihn abholen sollte. Er nahm ihn für alle Fälle mit, denn der Inspektor kannte mittlerweile eine Menge Leute aus dem Viertel Saint-Martin vom Sehen, und Maigret verfolgte seinen Plan.

»Immer noch keine Nachricht von Jorisse?«, fragte er Lucas.

Ohne besonderen Grund war er davon überzeugt, dass der junge Mann Paris nicht verlassen hatte.

»Du solltest eine Liste seiner Freunde aufstellen, von allen, mit denen er in den letzten Jahren zu tun hatte.«

»Ich bin schon dabei.«

»Gut, dann mach weiter.«

Neveu erschien im Türrahmen, ebenso durchnässt wie er selbst. Gemeinsam brachen sie auf.

»Schönes Wetter für ein Begräbnis«, brummte der Inspektor. »Hoffentlich nehmen sie einen Wagen!«

»Sicherlich nicht.«

Um zehn Minuten vor zehn erreichten sie das Trauerhaus. Schwarze Tücher mit silbernen Quasten waren vor die Tür gehängt. Leute mit aufgespannten Regenschirmen standen auf dem ungepflasterten Gehweg. Der lehmige Boden war so aufgeweicht, dass sich überall Rillen bildeten.

Einige gingen hinein, verweilten kurze Zeit im Trauerzimmer und kamen mit ernsten, feierlichen Gesichtern wieder heraus, stolz, ihre Pflicht gebührend erfüllt zu haben. Etwa fünfzig Personen hatten sich versammelt. Aber es waren noch mehr, manche suchten auf der Türschwelle von Nachbarhäusern Schutz vor dem Regen, andere spähten dort aus den Fenstern, um sich dem Trauerzug erst im letzten Augenblick anzuschließen.

»Gehen Sie nicht hinein, Chef?«

»Ich bin gestern schon hier gewesen.«

»Das scheint da ziemlich trist zu sein.«

Neveu meinte offensichtlich nicht die traurige Stimmung dieses Tages, sondern das Haus im Allgemeinen. Und doch war es der Traum vieler Tausender, ein solches Eigenheim zu besitzen.

»Warum sind die hierhergezogen?«

»Wegen der Schwestern und Schwäger.«

Man sah mehrere Männer in Bahneruniform. Der Rangierbahnhof war nicht weit entfernt, und die meisten Bewohner dieser Siedlung hatten mehr oder weniger mit der Bahn zu tun.

Der Leichenwagen kam zuerst, dann näherte sich mit schnellen Schritten unter seinem Schirm der Priester im Chorhemd. Ein Chorknabe mit dem Kreuz ging ihm voran.

Nichts in dieser Straße hemmte den Wind, der die durchnässten Kleidungsstücke an die Körper presste. Der Sarg war sofort nass. Während die Familie im Flur wartete, flüsterte Madame Thouret mit ihren Schwestern. Vielleicht waren nicht genug Schirme vorhanden.

Sie trugen alle Trauer, auch die beiden Schwäger. Hinter ihnen kamen die Töchter, Monique und ihre drei Cousinen.

Insgesamt waren es sieben Frauen, und Maigret war überzeugt, dass die Mädchen sich ebenso ähnelten wie die Mütter. Es war eine Familie von Frauen, und die Männer schienen sich ihrer Unterlegenheit durchaus bewusst zu sein.

Die Pferde schnaubten. Die Familie stellte sich hinter dem Leichenwagen auf, dann schlossen sich die Freunde oder Nachbarn an, die vorn im Zug mitgehen durften.

Die Übrigen folgten im Gänsemarsch, allerdings wegen der unaufhörlichen Regenböen wenig geordnet. Einige wichen sogar auf den Gehweg aus, um in der Nähe der Häuser besser geschützt zu sein.

»Erkennst du jemanden wieder?«

Nein, keiner von denen, die sie suchten, war da. Vor allem keine Frau, in der man die mit dem Ring hätte vermuten können. Eine trug zwar einen Fuchskragen, aber der Kommissar hatte sie aus einem Haus in der Straße kommen und die Tür hinter sich abschließen sehen. Was die Männer betraf, so sah keiner von ihnen aus, als säße er gern auf einer Bank am Boulevard Saint-Martin.

Maigret und Neveu blieben trotzdem bis zum Ende. Glücklicherweise wurde keine Messe gelesen, sondern nur der Leichnam ausgesegnet, und man schloss die Türen der Kirche gar nicht, deren Steinfußboden sofort voller Pfützen war.

Zweimal kreuzten sich die Blicke Moniques und des Kommissars, und er spürte, dass die junge Frau vor Angst wie zugeschnürt war.

»Gehen wir mit zum Friedhof?«

»Es ist nicht weit. Man kann nie wissen.«

Bis zu den Knöcheln wateten sie durch den Schlamm, denn das Grab lag in einer neuen Abteilung mit notdürftig angelegten Wegen. Jedes Mal, wenn Madame Thouret Maigret bemerkte, sah sie aufmerksam um sich, als wollte sie ihm zeigen, dass sie an seine Worte dachte. Als er wie alle anderen den Angehörigen am Grab sein Beileid aussprach, flüsterte sie:

»Ich habe niemanden bemerkt.«

Ihre Nase war rot vor Kälte, und der Regen hatte ihr den Puder von den Wangen gewaschen. Auch die Gesichter der vier Cousinen glänzten nass.

Maigret und Neveu warteten noch eine Weile vor dem Friedhofstor und gingen schließlich in das Lokal gegenüber, wo Maigret zwei Grogs bestellte. Sie waren nicht die Einzigen. Schon wenige Minuten später befand sich die halbe Trauergesellschaft in dem kleinen Café, und alle stampften auf den Steinboden, um sich die Füße aufzuwärmen.

Aus all den Unterhaltungen behielt er nur den einen Satz:

»Bekommt sie denn keine Pension?«

Die Schwestern dagegen konnten eine erwarten, denn ihre Männer waren bei der Bahn. Im Grunde war Monsieur Louis immer der arme Verwandte gewesen. Nicht nur, weil er bloß Lagerverwalter war, sondern auch weil er niemals eine Pension bekommen würde.

»Was werden die Frauen jetzt tun?«

»Die Tochter arbeitet. Wahrscheinlich vermieten sie ein Zimmer.«

»Kommst du, Neveu?«

Der Regen begleitete sie bis nach Paris, wo er auf die Gehwege prasselte. Die Wagen waren über und über mit Dreck bespritzt.

»Wo soll ich dich absetzen?«

»Es lohnt sich nicht, dass ich mich umziehen gehe, ich muss nachher ja doch wieder in die nassen Sachen steigen. Ich fahre bis zum Quai mit und nehme mir dann ein Taxi zum Kommissariat.«

Auf den Fluren der Kriminalpolizei hatten sich wie in der Kirche kleine Pfützen gebildet, und die Luft war auch hier feucht und kalt. Ein Mann mit Handschellen wartete auf einer Bank vor der Abteilung Illegales Glücksspiel.

»Nichts Neues, Lucas?«

»Lapointe hat angerufen. Er ist in der Brasserie de la République. Er hat das Zimmer gefunden.«

»Das von Louis?«

»Das sagt er jedenfalls. Dabei hat ihn die Vermieterin bei seinen Nachforschungen nicht gerade unterstützt.«

»Soll ich ihn anrufen?«

»Ja, es sei denn, Sie möchten ihn lieber treffen.«

Das war Maigret tatsächlich lieber, denn so durchnässt, wie er war, hatte er wenig Lust, sich an den Schreibtisch zu setzen.

»Sonst noch was?«

»Falscher Alarm wegen des jungen Mannes. Man meinte ihn im Wartesaal der Gare Montparnasse entdeckt zu haben. Aber er war's nicht. Nur jemand, der ihm ähnlich sieht.«

Maigret stieg wieder in das kleine schwarze Auto und war wenig später in der Brasserie an der Place de la République, wo Lapointe mit einer Tasse Kaffee dicht am Ofen hockte.

»Einen Grog!«, rief Maigret.

Er hatte das Gefühl, dass ihm der Regen in die Nase gedrungen war, und machte sich auf einen Schnupfen gefasst. Vielleicht weil behauptet wurde, auf Beerdigungen hole man sich eine Erkältung.

»Wo ist das Zimmer?«

»Ganz in der Nähe. Ich habe es zufällig entdeckt. Es ist keine Pension, und das Haus taucht in unseren Listen nicht auf.«

»Bist du sicher, dass es das richtige ist?«

»Sie werden die Wirtin gleich selbst sehen. Ich bin durch die Rue d'Angoulême gegangen, um auf den nächsten Boulevard zu kommen, und da sah ich an einem Fenster ein Schild, *Zimmer zu vermieten*. Es ist ein kleines Haus ohne Concierge, nur zwei Stockwerke. Ich habe geklingelt und gebeten, dass man mir das Zimmer zeigt. Die Wirtin kam mir gleich komisch vor. Eine Frau in mittleren Jahren, hatte wohl früher rotes Haar und war vielleicht sogar schön. Aber jetzt ist sie ziemlich grau, nur noch wenig Haare, der Körper aufgedunsen, darüber ein himmelblauer Morgenrock.

›Ist es für Sie?‹, hat sie mich gefragt, bevor sie die Tür ganz aufmachte. ›Sind Sie allein?‹

Ich hörte, wie im ersten Stock eine Tür aufging, und dann sah ich kurz einen Kopf, der sich über das Geländer beugte. Ein hübsches Mädchen, ebenfalls im Morgenrock.«

»Ein Bordell?«

»Wohl nicht so ganz. Ich möchte allerdings keinen Eid drauf schwören, dass die Wirtin nicht früher ein Freudenmädchen war.

›Wollen Sie das Zimmer für einen Monat mieten?‹, hat sie dann gefragt. ›Und wo arbeiten Sie?‹

Schließlich hat sie mich in ein Zimmer im zweiten Stock geführt. Es geht auf den Hof und ist ganz gut eingerichtet. Nur zu viel Plüsch für meinen Geschmack. Viele Teppiche, billige Seide, eine Puppe auf dem Diwan. Es roch richtig nach Frau.

›Wer hat Ihnen meine Adresse gegeben?‹

Ich war von einer ihrer schlaffen Brüste abgelenkt, die aus dem Morgenmantel herauszuquellen drohte.

›Einer meiner Freunde‹, habe ich gesagt.

Und auf gut Glück noch hinzugesetzt:

›Er sagte, dass er bei Ihnen wohnt.‹

›Wer ist das?‹

›Monsieur Louis.‹

Ich habe sofort gemerkt, dass sie ihn kannte. Ihr Gesichtsausdruck veränderte sich, sogar der Tonfall.

›Kenn ich nicht‹, hat sie nur kurz erwidert. ›Kommen Sie normalerweise spät nach Hause?‹

Sie wollte mich offensichtlich loswerden.

›Vielleicht‹, sagte ich und spielte den Harmlosen, ›ist mein Freund ja hier. Er arbeitet tagsüber nicht und steht deshalb nicht so früh auf.‹

›Nehmen Sie das Zimmer nun, ja oder nein?‹

›Ich nehme es, aber …‹

›Die Miete muss im Voraus bezahlt werden.‹

Ich zog meine Brieftasche und nahm dabei wie aus Versehen das Foto von Monsieur Louis heraus.

›Ach, da habe ich gerade ein Bild von meinem Freund.‹

Sie warf nur einen flüchtigen Blick darauf.

›Ich glaube nicht, dass es mit uns beiden was wird‹, sagte sie dann und sah auf die Tür.

›Aber …‹

›Am besten, Sie gehen; mir brennt sonst das Mittagessen an.‹

Für mich steht fest, dass sie ihn kannte. Als ich

aus dem Haus ging, sah ich, wie sich ein Vorhang bewegte. Sie muss am Fenster gelauert haben.«

»Wir gehen hin«, entschied Maigret.

Trotz der kurzen Entfernung nahmen sie den Wagen, und gleich darauf waren sie vor dem Haus. Wieder bewegte sich der Vorhang. Die Frau, die öffnete, war immer noch in demselben Morgenrock, dessen Blau ihr ausnehmend schlecht stand.

»Wer ist da?«

»Kriminalpolizei.«

»Was wollen Sie? Ich hab ja schon geahnt, dass der komische Kauz da mir Scherereien machen würde«, brummte sie mit einem bösen Blick auf Lapointe.

»Wir möchten uns lieber drin unterhalten.«

»Von mir aus, bitte. Ich hab nichts zu verbergen.«

»Warum wollten Sie nicht zugeben, dass Monsieur Louis Ihr Mieter war?«

»Weil das den jungen Mann nichts anging.«

Sie hatte die Tür zu einem kleinen überheizten Wohnzimmer geöffnet. Überall lagen grellbunte Kissen herum, bestickt mit Katzen, Herzen und Musiknoten. Da durch die Vorhänge kaum ein Lichtschimmer drang, knipste sie eine Stehlampe mit einem großen orangen Schirm an.

»Was wollen Sie eigentlich von mir?«

Maigret zog nun seinerseits das Foto des soeben beerdigten Monsieur Louis aus der Tasche.

»Das ist er, nicht wahr?«

»Ja. Sie würden es ja doch erfahren.«

»Seit wann war er Ihr Mieter?«

»Seit zwei Jahren. Vielleicht etwas länger.«

»Haben Sie viele?«

»Mieter? Das Haus ist zu groß für eine alleinstehende Frau. Und heutzutage ist es nicht leicht, ein Zimmer zu finden.«

»Wie viele?«

»Im Augenblick habe ich drei.«

»Und ein freies Zimmer?«

»Ja, das habe ich dem jungen Mann ja gezeigt. Schön dumm von mir, dass ich ihm nicht gleich misstraut habe.«

»Was wissen Sie von Monsieur Louis?«

»Ein ruhiger Mann, es gab nie Probleme. Da er nachts arbeitete ...«

»Wissen Sie, wo?«

»Ich war nicht so neugierig, ihn danach zu fragen. Er ging abends fort und kam morgens wieder. Er brauchte nicht viel Schlaf. Ich habe ihm oft gesagt, er soll mehr schlafen. Aber alle, die nachts arbeiten, sind wohl so.«

»Hat er viel Besuch bekommen?«

»Was für Besuch meinen Sie?«

»Sie lesen doch die Zeitung.«

Ein aufgeschlagenes Morgenblatt lag auf einem Tisch.

»Ich weiß, worauf Sie hinauswollen. Aber ich möchte sicher sein, dass Sie mir keinen Ärger machen. Ich kenne die Polizei!«

Dem Kommissar war bereits klar, dass man den Namen der Frau vermutlich im Register der Sittenpolizei finden würde.

»Ich hänge nicht an die große Glocke, dass ich Zimmer vermiete, und ich melde die Leute auch nicht an. Das ist kein Verbrechen. Wenn man mir allerdings Scherereien machen will …«

»Das hängt ganz von Ihnen ab.«

»Können Sie es mir versprechen? Und wer sind Sie überhaupt?«

»Kommissar Maigret.«

»Ach so! Es ist also doch ernster, als ich dachte. Meistens sind es Ihre Kollegen von der Sitte, die mich …«

Und sie ließ, ohne mit der Wimper zu zucken, ein so ordinäres Wort fallen, dass Lapointe fast rot wurde.

»Also gut, er ist ermordet worden, ich weiß. Aber mehr weiß ich nicht.«

»Welchen Namen hat er Ihnen angegeben?«

»Monsieur Louis. Nichts weiter.«

»Er wurde doch öfter von einer dunkelhaarigen Frau mittleren Alters besucht.«

»Ja, eine schöne Person. Sie ist erst vierzig, und sie hält sich jung.«

»Kam sie oft zu ihm?«

»Drei- oder viermal in der Woche.«

»Kennen Sie ihren Namen?«

»Ich nannte sie Madame Antoinette.«

»Sie nennen die Leute wohl immer bei ihrem Vornamen?«

»Ich bin nicht neugierig.«

»Blieb sie lange oben?«

»So lange, wie man eben braucht.«

»Den ganzen Nachmittag?«

»Manchmal. Manchmal nur ein, zwei Stunden.«

»Kam sie nie am Vormittag?«

»Nein. Vielleicht ab und zu, aber nicht oft.«

»Haben Sie ihre Adresse?«

»Ich habe sie nicht danach gefragt.«

»Alle anderen Mieter sind Frauen?«

»Ja. Monsieur Louis ist der einzige Mann, der ...«

»Verkehrte er mit den Frauen?«

»Sie meinen, ob er mit ihnen geschlafen hat? Nein. Er schien auch gar nicht darauf aus zu sein. Wenn er es gewollt hätte ...«

»Pflegte er irgendeine Beziehung zu den Frauen?«

»Er sprach mit ihnen. Sie klopften manchmal bei ihm an und baten ihn um Feuer, Zigaretten oder die Zeitung.«

»Sonst nichts?«

»Manchmal schwatzten sie miteinander, oder er spielte Belote mit Lucile.«

»Ist sie oben?«

»Sie ist unterwegs, seit zwei Tagen. Kommt hin und wieder vor. Wahrscheinlich hat sie jemanden aufgetan. Vergessen Sie nicht, Sie haben versprochen, mir keine Scherereien zu machen. Und auch meinen Mieterinnen nicht.«

Er erwiderte nicht, dass er gar nichts versprochen hatte.

»Sonst hat niemand ihn besucht?«

»Vor Kurzem hat zwei- oder dreimal jemand nach ihm gefragt.«

»Eine junge Frau?«

»Ja. Aber sie ist nicht hinaufgegangen. Ich sollte ihm sagen, dass sie unten auf ihn wartet.«

»Hat sie ihren Namen genannt?«

»Ja, Monique. Sie ist im Flur stehen geblieben. Wollte nicht einmal in den Salon gehen.«

»Ist er heruntergekommen?«

»Das erste Mal hat er ein paar Minuten flüsternd mit ihr gesprochen, dann ist sie wieder gegangen. Die anderen Male ist er mit ihr zusammen fortgegangen.«

»Hat er Ihnen gesagt, wer sie war?«

»Er hat mich nur gefragt, ob ich sie hübsch finde.«

»Was haben Sie darauf erwidert?«

»Dass sie ganz hübsch ist, so wie heutzutage alle in ihrem Alter hübsch sind. Und dass sie in wenigen Jahren ein ordentlicher Trampel sein wird.«

»Hat er noch weitere Besucher empfangen?«

»Wollen Sie sich nicht setzen?«

»Danke nein. Ich würde die Kissen beschmutzen.«

»Ja, ich halte alles so sauber, wie ich kann. Warten Sie! Da ist noch jemand zu ihm gekommen, ein junger Mann. Seinen Namen hat er nicht genannt. Als ich Monsieur Louis Bescheid sagte, wirkte er seltsam aufgebracht. Ich sollte ihn zu ihm hinaufschicken. Der junge Mann ist eine Viertelstunde geblieben.«

»Wie lange ist das her?«

»Das war Mitte August. Ich erinnere mich an die Hitze und die Fliegen.«

»Ist er wiedergekommen?«

»Einmal sind sie zusammen gekommen. Vielleicht hatten sie sich auf der Straße getroffen. Sie sind hinaufgegangen, aber der junge Mann ist sehr bald wieder verschwunden.«

»Das ist alles?«

»Na ja, das ist doch eine ganze Menge. Und jetzt wollen Sie bestimmt auch hinaufgehen?«

»Ja.«

»Es ist im zweiten Stock, zur Straße hin, gegenüber von dem Zimmer, das ich Ihrem jungen Spund gezeigt habe. Wir nennen es das grüne Zimmer.«

»Ich möchte Sie bitten mitzukommen.«

Sie seufzte und stieg stöhnend die beiden Treppen hinauf.

»Denken Sie dran, dass Sie mir versprochen haben …«

Er zuckte mit den Schultern.

»Sollten Sie auf die Idee kommen, mich reinzulegen, werde ich vor Gericht aussagen, dass alles, was Sie erzählen, gelogen ist.«

»Haben Sie den Schlüssel dabei?«

Im ersten Stock sah er durch einen Türspalt eine ganz nackte junge Frau, ein Badetuch in der Hand, die sie interessiert beobachtete.

»Ich habe einen Generalschlüssel.«

Und sich über das Treppengeländer beugend rief sie:

»Es ist nicht die Sitte, Yvette!«

5

Die Witwe des Polizisten

Die Zimmereinrichtung schien aus einem Auktionshaus im Viertel zu stammen. Die Möbel aus massivem Nussbaumholz, zu denen unter anderem ein riesiger Spiegelschrank gehörte, mussten fünfzig bis sechzig Jahre alt sein.

Beim Eintreten war dem Kommissar als Erstes ein Vogelkäfig aufgefallen, der auf dem runden Tisch mit gemusterter Decke stand. Der Kanarienvogel darin begann sofort hin und her zu hüpfen. Maigret musste an die Wohnung von Monsieur Saimbron am Quai de la Mégisserie denken und hätte gewettet, dass Louis Thouret den Vogel nach einem Besuch beim alten Buchhalter gekauft hatte.

»Der gehört wohl ihm?«

»Er hat ihn etwa vor einem Jahr mitgebracht. Man hat ihn aber übers Ohr gehauen, der Vogel singt nämlich nicht. Er hat sich ein Weibchen als Männchen andrehen lassen.«

»Wer hat das Zimmer in Ordnung gehalten?«

»Ich vermiete die Zimmer mit Möbeln und Wäsche, aber ohne Bedienung. Zu Anfang habe ich's versucht, aber es gab immer Ärger mit den Hausmädchen. Und da bei mir fast nur Damen mieten …«

»Hat Monsieur Louis sein Zimmer selbst geputzt?«

»Bett und Waschtisch hat er selbst gemacht und Staub gewischt. Einmal in der Woche bin ich ausnahmsweise für ihn mit dem Lappen durchgegangen.«

Sie war im Türrahmen stehen geblieben, was den Kommissar ein wenig störte. In seinen Augen war dies kein gewöhnliches Zimmer, sondern die Zufluchtsstätte von Monsieur Louis. Mit anderen Worten, die hier vorhandenen Dinge entsprachen nicht, wie sonst fast immer, den kleinen Lebensnotwendigkeiten, sondern einem persönlichen, fast geheimen Geschmack.

Im Spiegelschrank hing nicht ein einziger Anzug, aber es standen drei Paar gelbe Schuhe darin, sorgfältig mit Schuhspannern versehen. Im oberen Fach lag außerdem ein perlgrauer Hut, den er bestimmt nicht oft getragen und sich wohl in einer übermütigen Laune, aus Protest gegen die Atmosphäre in Juvisy, gekauft hatte.

»Ging er zu Pferderennen?«

»Ich glaube nicht. Davon hat er nie etwas gesagt.«

»Hat er oft mit Ihnen gesprochen?«

»Manchmal kam er auf einen Plausch zu mir in den Salon.«

»War er heiter?«

»Er wirkte zufrieden.«

Ebenfalls aus Protest gegen den Geschmack seiner Frau hatte er sich einen geblümten Morgenrock und ein Paar Pantoffeln aus rotem Ziegenleder geleistet.

Das Zimmer war aufgeräumt, jedes Ding hatte seinen Platz, nirgends lag Staub. In einem Wandschrank fand Maigret eine angebrochene Flasche Portwein mit zwei Gläsern, an einem Haken hing ein Regenmantel.

Das hatte er nicht bedacht. Wenn es den Tag über regnete, der Regen am Abend aber aufhörte, konnte Monsieur Louis unmöglich mit nasser Kleidung nach Juvisy zurückkehren.

Er hatte viele Stunden lesend verbracht. Auf der Kommode waren einige Bücher aufgereiht, Volksausgaben, Mantel-und-Degen-Geschichten und nur zwei oder drei Kriminalromane. Sie hatten ihm wohl nicht gefallen, denn er hatte sich keine weiteren gekauft.

Sein Sessel stand dicht am Fenster, gleich daneben auf einem Tischchen eine Fotografie in einem mahagonibraunen Rahmen. Sie zeigte eine schwarz gekleidete, etwa vierzigjährige Frau mit dunklem Haar. Die Beschreibung des Verkäufers in dem

Juwelierladen traf genau auf sie zu. Sie musste groß sein, etwa so groß wie Madame Thouret, und auch ebenso stark und stramm wie diese. Alles in allem eine, wie man in manchen Kreisen sagt, stattliche Person.

»Besuchte sie ihn regelmäßig?«

»Ja.«

In einer Schublade entdeckte Maigret noch weitere Aufnahmen von Monsieur Louis. Sie waren in Fotoautomaten gemacht worden, das Gesicht schon etwas verblasst, auf einem der Fotos trug er den perlgrauen Hut.

Außer zwei Paar Strümpfen und einigen Krawatten befanden sich in dem Zimmer keine persönlichen Gegenstände, kein Hemd, keine Unterhose, keinerlei Papiere, keine alten Briefe, nichts von all jenen tausend Kleinigkeiten, mit denen man nach und nach die Schubladen vollstopft.

Maigret, der an seine Kindheit denken musste und an Tage, an denen er vor seinen Eltern etwas verstecken wollte, stellte einen Stuhl vor den Spiegelschrank und stieg darauf. Wie in den meisten Haushalten lag eine dicke Staubschicht auf dem Schrank. Nur eine rechteckige Fläche, ungefähr so groß wie ein Umschlag oder wie ein Buch, zeigte, dass dort vor Kurzem etwas gelegen hatte.

Er sagte nichts dazu. Die Wirtin verfolgte jede seiner Bewegungen genau, und wie Lapointe schon erzählt hatte, drohte eine ihrer Brüste, es war immer dieselbe, aus dem Morgenrock herauszuquellen, weich und zähflüssig wie Brotteig.

»Hatte er einen Schlüssel zu dem Zimmer?«

Man hatte bei der Leiche nur den Hausschlüssel aus Juvisy gefunden.

»Ja, aber wenn er fortging, ließ er ihn hier.«

»Machen die Frauen das auch so?«

»Nein. Er sagte, dass er alles verliert. Er wollte seinen Schlüssel lieber unten lassen und ihn sich holen, wenn er hinaufging. Da er abends oder nachts nie kam …«

Maigret nahm das Bild aus dem Rahmen. Bevor er ging, gab er dem Vogel frisches Wasser und sah sich noch einmal im Zimmer um.

»Ich komme wahrscheinlich wieder«, sagte er zum Abschied.

Sie brachte die beiden Männer zur Treppe.

»Einen kleinen Schnaps darf ich Ihnen wohl nicht anbieten?«

»Haben Sie ein Telefon? Dann geben Sie mir bitte Ihre Nummer. Möglicherweise brauche ich noch eine Auskunft von Ihnen.«

»Bastille 2251.«

»Ihr Name?«

»Mariette. Mariette Gibon.«

»Danke.«

»Ist das alles?«

»Im Augenblick ja.«

Lapointe und der Kommissar wateten durch den unvermindert prasselnden Regen zum Auto.

»Fahr uns bis zur Straßenecke«, befahl er dem Fahrer, und zu Lapointe sagte er:

»Geh noch einmal zurück. Ich habe meine Pfeife oben in dem Zimmer liegen lassen.«

Maigret hatte noch nie irgendwo seine Pfeife vergessen. Außerdem trug er immer zwei bei sich.

»Absichtlich?«

»Ja. Beschäftige diese Mariette ein paar Minuten, und dann triffst du mich dort.«

Er deutete auf eine kleine Bar, wo auch Holz und Kohle verkauft wurden. Er ging hinein, eilte zum Telefon und rief am Quai des Orfèvres an.

»Verbinden Sie mich mit Lucas ... Bist du's, Lucas? Gib sofort Anweisung: Alle Gespräche für die Nummer Bastille 2251 sollen abgehört werden.«

Während er dann auf Lapointe wartete und an der Theke sein Bier trank, betrachtete er, da er nichts Besseres zu tun hatte, noch einmal die Fotografie der Frau. Es erstaunte ihn nicht, dass sich Louis eine Geliebte gewählt hatte, die von der gleichen Statur war wie seine Frau. Er fragte sich nur, ob sie auch den gleichen Charakter hatte. Möglich war es immerhin.

»Hier ist Ihre Pfeife, Chef.«

»Hat sie telefoniert, als du kamst?«

»Ich weiß es nicht. Es waren zwei Frauen bei ihr.«

»Die Nackte?«

»Sie hatte einen Morgenrock übergezogen.«

»Du kannst jetzt zum Mittagessen gehen. Wir sehen uns nachmittags im Büro. Den Wagen brauche ich aber noch.«

Er nannte dem Chauffeur Léones Adresse, Rue de Clignancourt, und ließ unterwegs vor einem Süßwarengeschäft halten. Er kaufte eine Schachtel Schokolade und hielt sie beim Überqueren des Gehwegs unter den Mantel. Es erschien ihm ungehörig, einen Laden wie den Léones, in dem derart leichte und zarte Sachen verkauft wurden, völlig durchnässt zu betreten, aber er hatte keine andere Wahl. Verlegen überreichte er ihr die Schachtel:

»Für Ihre Mutter.«

»Sie haben daran gedacht?«

Wohl wegen der Nässe draußen schien es im Laden diesmal noch heißer zu sein als bei seinem letzten Besuch.

»Möchten Sie es ihr nicht selbst geben?«

Aber er zog es vor, vorn im Laden zu bleiben, wo man noch einen gewissen Kontakt mit der Außenwelt hatte.

»Ich wollte Ihnen nur dieses Foto zeigen.«

Sie warf einen raschen Blick darauf und sagte sofort:

»Das ist Madame Machère.«

Er war erfreut. Es war zwar nicht einer der Triumphe, die in den Zeitungen eine Schlagzeile brachten. Es war eigentlich fast nichts. Aber es bewies ihm, dass er sich kein falsches Bild von Monsieur Louis gemacht hatte. Es hätte nicht gepasst, wenn dieser eine Frau auf der Straße oder in einem Lokal aufgelesen hätte. Er war nicht jemand, der sich mit einer Unbekannten einließ.

»Woher kennen Sie sie?«, fragte er.

»Sie hat bei Kaplan gearbeitet. Allerdings nicht lange, nur sechs oder sieben Monate. Warum zeigen Sie mir dieses Bild?«

»Sie war die Freundin von Monsieur Louis.«

»Ach.«

Er tat ihr weh, sicher, aber das konnte er nicht vermeiden.

»Haben Sie nie etwas davon gemerkt, als sie noch beide in der Rue de Bondy waren?«

»Ich hätte geschworen, dass nie etwas zwischen ihnen gewesen ist. Sie arbeitete in der Versandabteilung, mit zehn oder fünfzehn anderen. Die Anzahl wechselte je nach Jahreszeit. Sie ist die Frau eines Polizisten, das weiß ich noch.«

»Warum hat sie ihre Stellung aufgegeben?«

»Sie musste sich, glaube ich, einer Operation unterziehen.«

»Ich danke Ihnen für die Auskunft. Verzeihen Sie, dass ich Sie schon wieder gestört habe.«

»Sie stören mich nicht. Haben Sie Monsieur Saimbron gesehen?«

»Ja.«

»Eine Frage noch. Hat Monsieur Louis mit dieser Frau zusammengelebt?«

»Sie hat ihn in dem Zimmer besucht, das er in der Nähe der Place de la République gemietet hatte.«

»Ich bin überzeugt, dass sie nur eine gute Freundin war, dass sie sonst nichts miteinander hatten.«

»Das mag sein.«

»Wenn die Bücher der Firma noch existieren würden, könnte ich Ihnen ihre Adresse geben, aber ich weiß nicht, wo sie hingekommen sind.«

»Wenn es die Frau eines Polizisten ist, werde ich sie schon ausfindig machen. Machère, sagten Sie, nicht wahr?«

»Wenn ich mich nicht irre, war ihr Vorname Antoinette.«

»Auf Wiedersehen, Mademoiselle Léone.«

»Auf Wiedersehen, Monsieur Maigret.«

Er verließ den Laden eilig, denn er hörte, dass sich die alte Frau im hinteren Zimmer bewegte, und er mochte nicht zu ihr gehen.

»Zur Polizei.«

»Am Quai?«

»Nein, zur städtischen Polizei.«

Es war Mittagszeit. Die Leute aus den Büros und Geschäften zögerten wegen des Regens, sich zu ihren gewohnten Restaurants zu begeben. Überall auf den Türschwellen standen Grüppchen von Menschen, in deren Gesichtern sich dumpfe Verdrossenheit abzeichnete. Die Zeitungen an den Kiosken waren aufgeweicht.

»Warte hier auf mich.«

Maigret ging in das Büro des Personalchefs und fragte nach einem gewissen Machère. Kurz darauf erfuhr er, dass es einen Polizisten dieses Namens gegeben hatte, dieser aber vor zwei Jahren bei einer Schlägerei getötet worden war. Er hatte damals in der Avenue Daumesnil gewohnt. Seine Witwe erhielt eine Pension. Das Ehepaar war kinderlos gewesen.

Maigret schrieb sich die Adresse auf. Um Zeit zu gewinnen, rief er Lucas an, was ihm den Weg zum Büro ersparte.

»Hat sie telefoniert?«

»Bis jetzt nicht.«

»Und sie ist auch nicht angerufen worden?«

»Nein, sie selbst nicht. Nur eins der Mädchen, eine gewisse Olga. Der Anruf kam von einer Schneiderin von der Place Saint-Georges. Es ging um eine Anprobe.«

Maigret beschloss, erst später zu Mittag zu essen. Er trank nur rasch einen Aperitif in einer kleinen Bar und stieg dann wieder in das kleine schwarze Auto.

»Zur Avenue Daumesnil.«

Es war fast am Ende der Straße, unweit der Metrostation, ein kleinbürgerliches, ziemlich trist wirkendes Haus.

»Wo wohnt Madame Machère?«

»Vierter Stock links.«

Es war zwar ein Fahrstuhl vorhanden, aber er hatte die Macke, in jedem Stockwerk zu ruckeln und zwischen zwei Stockwerken stehen zu bleiben. Der Messingknopf an der Tür war blank geputzt und die Matte vorbildlich sauber. Maigret klingelte. Gleich darauf hörte er drinnen Schritte.

»Einen Augenblick«, rief jemand durch die Tür.

Offenbar war sie noch im Negligé und wollte sich erst ein Kleid überziehen. Sie gehörte nicht zu den Frauen, die sich im Morgenrock zeigen mochten, nicht einmal dem Gasmann.

Wortlos sah sie Maigret an. Er bemerkte, dass sie nervös war.

»Kommen Sie herein, Herr Kommissar.«

Sie war genauso wie auf den Fotos und wie der Verkäufer im Juwelierladen sie beschrieben hatte, groß und stark, dabei ruhig und beherrscht. Sie hatte Maigret sofort erkannt. Und natürlich wusste sie, warum er kam.

»Hier entlang bitte … Ich war gerade dabei aufzuräumen.«

Trotzdem war ihr Haar sorgfältig frisiert, und sie

trug ein dunkles Kleid. Ein Druckknopf stand offen. Der Boden blitzte. An der Tür stand ein Paar Filzpantoffeln, in die sie sicherlich hineinschlüpfte, wenn sie mit nassen Schuhen von draußen kam.

»Ich mache Ihnen alles schmutzig.«

»Das ist nicht schlimm.«

Es war alles wie in Juvisy, zwar weniger neu, dafür viel gepflegter. Ähnlicher Nippes stand herum, und über dem Buffet hing das gerahmte Bild eines Polizisten. Eine Medaille war daran befestigt.

Maigret versuchte nicht, sie in Verlegenheit zu bringen oder durch eine Frage zu überrumpeln. Im Übrigen hätte man sie auch kaum überrumpeln können. Er sagte nur:

»Ich bin gekommen, um mit Ihnen über Louis zu sprechen.«

»Das habe ich erwartet.«

Obwohl sie betroffen wirkte, weinte sie nicht. Sie bewahrte Haltung.

»Setzen Sie sich bitte.«

»Da wird nur Ihr Sessel feucht. Sie waren sehr gute Freunde, Louis Thouret und Sie?«

»Er mochte mich gern.«

»Nur das?«

»Vielleicht liebte er mich. Er ist niemals glücklich gewesen.«

»Hatten Sie schon eine Beziehung zu ihm, als Sie beide noch in der Rue de Bondy arbeiteten?«

»Damals lebte ja mein Mann noch.«

»Hat Louis Ihnen nie den Hof gemacht?«

»Er hat mich nicht anders behandelt als alle anderen Frauen in der Versandabteilung.«

»Erst später also, als die Firma Kaplan nicht mehr existierte, haben Sie sich gefunden?«

»Acht oder neun Monate nach dem Tod meines Mannes.«

»Haben Sie sich zufällig wiedergetroffen?«

»Sie können sich denken, dass ich von meiner Witwenpension nicht leben kann. Ich musste mir deshalb eine Arbeit suchen. Schon zu Lebzeiten meines Mannes habe ich gelegentlich gearbeitet, vor allem bei Kaplan. Eine Nachbarin hat mich an den Personalchef vom Théâtre du Châtelet empfohlen, und ich wurde dort als Logenschließerin angestellt.«

»Und da …?«

»Ja, eines Tages bei einer Matinee. Es wurde *Reise um die Welt in achtzig Tagen* gespielt, das weiß ich noch. Ich erkannte Monsieur Louis wieder, als ich ihn zu seinem Platz geleitete. Er hat mich ebenfalls wiedererkannt. Weiter geschah an dem Morgen nichts. Aber er kam dann häufiger in die Matinée und hielt immer Ausschau nach mir. Eine Zeit lang ging das so weiter. Außer sonntags gibt es nur zweimal in der Woche eine Matinée. Er kam jedes Mal. Eines Tages fragte er mich nach der Vorstellung, ob ich einen Aperitif mit ihm trinken würde. Wir haben dann nur im Stehen noch etwas gegessen, denn ich musste abends wieder zur Vorstellung.«

»Hatte er damals schon sein Zimmer in der Rue d'Angoulême?«

»Ich nehme es an.«

»Hat er Ihnen gesagt, dass er nicht mehr arbeitete?«

»Nein. Nur, dass er jeden Nachmittag freihatte.«

»Wussten Sie, was er machte?«

»Nein, ich habe mir nicht erlaubt, ihn danach zu fragen.«

»Hat er Ihnen von seiner Frau und seiner Tochter erzählt?«

»Oft.«

»Und was?«

»Wissen Sie, das ist schwer wiederzugeben. Wenn ein Mann zu Hause nicht glücklich ist und einem dies und das anvertraut ...«

»War er zu Hause nicht glücklich?«

»Er wurde nicht gut behandelt. Wegen seiner Schwäger.«

»Das verstehe ich nicht ganz.«

Maigret hatte es durchaus verstanden, aber er wollte sie zum Reden bringen.

»Die beiden hatten gute Stellungen, sie bekamen Freifahrtscheine für sich und ihre Familien ...«

»Und eine Pension.«

»Ja. Man warf Louis vor, er hätte keinen Ehrgeiz und würde sich sein ganzes Leben mit dem erbärmlichen Posten eines Lagerverwalters begnügen.«

»Wo haben Sie sich mit ihm getroffen?«

»Fast immer in demselben kleinen Café in der Rue Saint-Antoine. Wir haben uns dort stundenlang unterhalten.«

»Essen Sie gern Waffeln?«

Sie wurde rot.

»Woher wissen Sie das?«

»Er hat Ihnen in der Rue de la Lune welche gekauft.«

»Erst sehr viel später, als ...«

»Als Sie ihn schon regelmäßig in der Rue d'Angoulême besuchten?«

»Ja, ich sollte das Zimmer sehen, wo er einen Teil seiner Zeit verbrachte. Er nannte es sein Kabuff. Er war sehr stolz darauf.«

»Hat er Ihnen gesagt, weshalb er ein Zimmer in der Stadt gemietet hatte?«

»Um wenigstens für ein paar Stunden am Tag eine Ecke für sich zu haben.«

»Waren Sie seine Geliebte?«

»Ich bin ziemlich oft zu ihm gegangen.«

»Hat er Ihnen irgendwelchen Schmuck geschenkt?«

»Ein paar Ohrringe vor sechs Monaten. Und neulich einen Ring.«

Sie trug ihn am Finger.

»Er war zu gut und zu weich, und er brauchte jemanden, der ihn immer wieder ermutigte. Was Sie auch denken mögen, ich war vor allem eine Freundin für ihn, seine einzige Freundin.«

»War er auch manchmal hier?«

»Nein, niemals. Schon allein wegen der Concierge und der Nachbarn nicht. Die ganze Gegend hätte sich das Maul zerrissen.«

»Haben Sie ihn am Montag gesehen?«

»Ungefähr eine Stunde.«

»Wann?«

»Am frühen Nachmittag. Ich hatte Besorgungen zu machen.«

»Wussten Sie, wo Sie ihn treffen würden?«

»Ich war mit ihm verabredet.«

»Telefonisch?«

»Nein, ich habe nie mit ihm telefoniert. Wir hatten es bei unserem letzten Treffen verabredet.«

»Wo trafen Sie sich immer?«

»Meistens in unserem kleinen Café, manchmal auch an der Ecke Rue Saint-Martin und an den Boulevards.«

»War er pünktlich?«

»Immer. Am Montag war es kalt. Ich erkälte mich leicht. Wir sind darum ins Kino gegangen.«

»Boulevard Bonne-Nouvelle?«

»Sie wissen das?«

»Um welche Uhrzeit sind Sie herausgekommen?«

»Gegen vier. Eine halbe Stunde vor seinem Tod, wenn es stimmt, was in den Zeitungen steht.«

»Sie wussten nicht, ob er noch eine Verabredung hatte?«

»Er hat nichts davon gesagt.«

»Hat er mit Ihnen über seine Freunde gesprochen, über Leute, mit denen er verkehrte?«

Sie schüttelte den Kopf und blickte zu dem verglasten Buffet im Esszimmer.

»Darf ich Ihnen etwas zu trinken anbieten? Ich habe allerdings nur Wermut da. Ich trinke nämlich nichts.«

Um ihr eine Freude zu machen, nahm er das Angebot an, und sie holte die Flasche, auf deren Grund sich ein Satz gebildet hatte. Sie stammte wohl noch aus der Zeit des seligen Polizisten.

»Als ich es in der Zeitung las, wäre ich beinahe zu Ihnen gekommen. Mein Mann hat Sie oft erwähnt. Ich habe auch Ihr Bild gesehen. Darum habe ich Sie vorhin gleich erkannt.«

»Hat Louis nie gesagt, er wolle sich scheiden lassen, um Sie zu heiraten?«

»Er hatte zu viel Angst vor seiner Frau.«

»Und vor seiner Tochter?«

»Er liebte sie sehr und hätte alles für sie getan. Trotzdem war er, glaube ich, ein wenig enttäuscht von ihr.«

»Warum?«

»Es ist nur eine Vermutung. Er war oft traurig.«

Sie selbst wirkte auch nicht heiter. Sie sprach gleichmäßig, mit monotoner Stimme. Ob sie wohl bei ihren Besuchen in der Rue d'Angoulême sein Zimmer sauber gemacht hatte?

Maigret konnte sich nicht vorstellen, wie sie sich vor Louis entkleidet, sich auf dem Bett ausgestreckt hatte. Auch nackt oder in Unterwäsche sah er sie nicht vor sich. Besser konnte er sich die beiden in dem kleinen Café an einem der hinteren Tische vorstellen, wie sie sich im dämmrigen Licht leise unterhielten und bisweilen einen Blick auf die Uhr über der Theke warfen.

»Gab er viel Geld aus?«

»Es kommt darauf an, was Sie unter ›viel‹ verstehen. Er schränkte sich nicht ein. Es ging ihm gut. Wenn ich es zugelassen hätte, hätte er mir eine Unmenge Geschenke gekauft, lauter unnütze Dinge, die er irgendwo in den Schaufenstern sah.«

»Haben Sie ihn nie auf einer Bank sitzen sehen?«

»Auf einer Bank?«, wiederholte sie, als überraschte sie die Frage.

Sie zögerte.

»Ein Mal, als ich vormittags Besorgungen machte. Er sprach mit einem mageren jungen Mann, den ich merkwürdig fand.«

»Warum?«

»Weil ich bei seinem Anblick an einen Komiker oder einen abgeschminkten Clown denken musste. Ich habe ihn mir nicht genauer angesehen. Ich habe nur gesehen, dass seine Schuhe abgenutzt waren. Und der Saum seiner Hosenbeine war ausgefranst.«

»Haben Sie Louis gefragt, wer das war?«

»Ja. Er hat geantwortet, dass man auf den Bänken alle Arten von Menschen trifft und dass es oft sehr amüsant ist.«

»Wissen Sie sonst noch etwas? Hatten Sie nicht das Bedürfnis, auf die Beerdigung zu gehen?«

»Ich habe es nicht gewagt. An einem der nächsten Tage werde ich Blumen hinbringen. Ich nehme an, dass mir der Wärter sagen kann, wo sein Grab liegt. Ob die Zeitungen mich erwähnen?«

»Bestimmt nicht.«

»Das ist wichtig für mich. Im Châtelet sind sie sehr streng. Ich würde meine Stellung verlieren.«

Es war nicht sehr weit von hier bis zum Boulevard Richard-Lenoir, und nachdem Maigret sich von Madame Machère verabschiedet hatte, ließ er sich nach Hause fahren und sagte zu dem Chauffeur:

»Geh irgendwo etwas essen. In einer Stunde hol mich hier wieder ab.«

Beim Essen musterte ihn seine Frau aufmerksamer als sonst.

Schließlich fragte sie:

»Was hast du?«

»Was soll ich haben?«

»Ich weiß nicht, du wirkst heute so anders.«

»Wie denn?«

»Wie ein Fremder. Du bist nicht Maigret.«

Er lachte. Er war in Gedanken so sehr mit Louis beschäftigt, dass er sich benahm, wie dieser es seiner Meinung nach getan hätte, sogar dessen Gesichtsausdruck nachahmte.

»Ich hoffe, du ziehst dich um!«

»Wozu? Ich werde ja doch gleich wieder nass.«

»Musst du noch zu einem anderen Begräbnis?«

Er zog dann doch den Anzug an, den seine Frau für ihn bereitgelegt hatte. Es war immerhin ein angenehmes Gefühl, trockene Sachen anzuhaben, wenn auch nur vorübergehend.

Am Quai des Orfèvres ging er nicht gleich in sein Büro, sondern erst einmal zum Sittendezernat.

»Kennst du eine gewisse Mariette oder Marie Gibon? Sieh mal in der Kartei nach.«

»Jung?«

»In den Fünfzigern.«

Unverzüglich zog der Inspektor Kästen mit vergilbten und verstaubten Karten heraus. Er brauchte nicht lange zu suchen. Die junge Frau mit dem Namen Gibon, geboren in Saint-Malo, war elf Jahre lang als Prostituierte registriert gewesen und hatte dreimal im Gefängnis Saint-Lazare gesessen, als es noch existierte. Zwei Festnahmen wegen Betrugs.

»Ist sie verurteilt worden?«

»Mangels Beweisen freigesprochen.«

»Und später?«

»Einen Augenblick, ich muss in dem anderen Kasten nachsehen.«

In einer jüngeren Kartei, immerhin auch schon ein Dutzend Jahre alt, fand sich ihr Name ebenfalls.

»Vor dem Krieg hat sie als Helferin in einem Massagesalon in der Rue des Martyrs gearbeitet. Damals lebte sie mit einem gewissen Philipp Natali, genannt Philippi, zusammen. Der ist wegen Mordes zu zehn Jahren verurteilt worden. Ich erinnere mich an den Fall. Sie waren zu dritt oder zu viert und haben in einem Lokal in der Rue Fontaine ein Mitglied einer anderen Bande erschossen. Es wurde nie geklärt, wer den Schuss abgegeben hat. Deshalb sind alle verurteilt worden.«

»Ist er wieder frei?«

»Er ist in Fontevrault gestorben.«

Das führte also nicht weiter.

»Und was ist jetzt mit ihr?«

»Weiß ich nicht. Wenn sie nicht gestorben ist ...«

»Ist sie nicht.«

»Sie lebt inzwischen sicher ganz anständig. Am Ende ist sie die Vorstandsdame des Wohltätigkeitsvereins in ihrem Heimatnest?«

»Sie führt eine Pension in der Rue d'Angoulême. Die ist nicht bei der Polizei gemeldet. Es wohnen vor allem Straßenmädchen dort. Aber ich glaube nicht, dass sie da ihrem Beruf nachgehen.«

»Aha.«

»Ich möchte, dass man das Haus überwacht und Erkundigungen einzieht über die Bewohnerinnen.«

»Nichts einfacher als das.«

»Auf jeden Fall sollte sich einer von der Sitte darum kümmern. Den Männern aus meiner Abteilung sind manche der Leute nicht unbedingt bekannt.«

»Gut, wird gemacht.«

Endlich konnte Maigret sich setzen, sich vielmehr in den Sessel vor seinem Schreibtisch fallen lassen. Gleich darauf erschien Lucas in der Tür.

»Gibt es Neuigkeiten?«

»Nicht, was die Telefonanrufe betrifft; niemand hat die Nummer verlangt. Aber heute Morgen ist etwas Seltsames geschehen. Eine gewisse Madame Thévenard wohnt mit ihrem Neffen in der Rue Gay-Lussac. Und sie ist von dort aus zu einer Beerdigung gegangen.«

»Zu der von Louis?«

»Nein, zu einer anderen, in ihrem Viertel. Sie verließ also die leere Wohnung. Als sie zurückkam, ging sie in die Speisekammer, um die Sachen einzuräumen, die sie eingekauft hatte. Und dabei stellte sie fest, dass eine Wurst verschwunden war. Zwei Stunden vorher hatte sie noch da gelegen.«

»Ist sie sicher, dass …«

»Vollkommen! Übrigens, als sie dann die Wohnung durchsuchte …«

»Hatte sie keine Angst?«

»Sie hatte den Armeerevolver ihres Mannes in der Hand. Der war im Krieg 1914 gewesen. Sie ist überhaupt eine ulkige Frau, ganz klein und kugelrund, und lacht dauernd. Unter dem Bett ihres Neffen hat sie ein Taschentuch gefunden, das nicht ihm gehört, und außerdem einige Brotkrümel.«

»Was tut der Neffe?«

»Er heißt Hubert und ist Student. Da die Thévenards nicht viel Geld haben, arbeitet er tagsüber als Gehilfe in der Buchhandlung am Boulevard Saint-Michel. Verstehen Sie jetzt?«

»Ja. Hat die Tante die Polizei benachrichtigt?«

»Sie ist zur Concierge hinuntergegangen und hat im Kommissariat angerufen. Der Inspektor hat mir sofort Bescheid gesagt, und ich habe gleich Leroy in die Buchhandlung geschickt, um Hubert zu vernehmen. Der junge Mann hat gezittert wie Espenlaub und fing dann laut an zu schluchzen.«

»Ist Albert Jorisse sein Freund?«

»Ja. Jorisse hat Hubert gebeten, dass er ihn einige Tage in seinem Zimmer versteckt.«

»Unter welchem Vorwand?«

»Er hat erzählt, dass er mit seinen Eltern gestritten hat und dass sein Vater ihn vor Wut totschlagen würde.«

»Und so hat er zwei Tage und zwei Nächte unter dem Bett verbracht?«

»Nur einen Tag und eine Nacht. In der ersten Nacht ist er durch die Straßen gelaufen, das hat er wenigstens seinem Freund erzählt. Ich habe die Polizeiwachen alarmiert. Er läuft jetzt bestimmt wieder in der Stadt herum.«

»Hat er Geld?«

»Das weiß Hubert Thévenard nicht.«

»Hast du die Bahnhöfe alarmiert?«

»Ist alles erledigt, Chef. Ich würde mich wundern, wenn er nicht spätestens morgen früh hier abgeliefert wird.«

Was mochten sie jetzt in Juvisy machen? Vermutlich hatten sie, die Witwe, ihre Schwestern, deren Männer und die Töchter, zusammen gut gegessen, den üblichen Leichenschmaus, und dabei über Madame Thourets und Moniques Zukunft gesprochen.

Maigret hätte schwören können, dass die Männer Schnaps zu trinken bekommen hatten und dass sie sich dann, behaglich auf ihren Stühlen zurückgelehnt, eine Festzigarre anzündeten.

›Trink doch auch ein Gläschen, Émilie. Du musst dich stärken.‹

Was sagte man über den Toten? Ihnen musste aufgefallen sein, dass trotz des schlechten Wetters viele Trauergäste zur Beerdigung gekommen waren.

Maigret wäre am liebsten gleich dorthin gefahren, vor allem um Monique zu sehen. Er wollte ein ernstes Gespräch mit ihr führen. Aber nicht bei ihr zu Hause. Offiziell vorladen wollte er sie jedoch auch nicht.

Mechanisch wählte er die Nummer ihrer Firma.

»Firma Geber & Bachelier?«

»Ja, Georges Bachelier am Apparat.«

»Können Sie mir sagen, ob Monique Thouret morgen früh bei Ihnen im Büro erwartet wird?«

»Sicherlich. Sie ist wegen eines Familienereignisses heute fortgeblieben, aber es besteht kein Grund zu der Annahme, dass ... Wer spricht dort?«

Maigret hängte ein.

»Ist Santoni im Büro?«

»Ich habe ihn seit heute Morgen nicht gesehen.«

»Leg ihm einen Zettel auf den Schreibtisch. Er soll Monique Thouret morgen früh am Eingang von Geber & Bachelier abfangen und sie unauffällig zu mir bringen.«

»Hierher?«

»Ja, in mein Büro.«

»Sonst nichts?«

»Nein, nichts. Ich will bei der Arbeit nicht gestört werden.«

Für heute hatte er genug von Louis Thouret, seiner Familie und seiner Geliebten. Hätte es ihm sein Pflichtgefühl nicht verboten, hätte er alles stehen und liegen lassen und wäre ins Kino gegangen.

Bis sieben Uhr abends arbeitete er so verbissen, als hinge das Schicksal der Welt davon ab. Er nahm sich nicht nur die laufenden Angelegenheiten vor, sondern auch die anderen, die schon seit Wochen, teilweise seit Monaten warteten und ganz unwichtig waren.

Als er schließlich, benommen von dem Papierkram, das Büro verließ, kam ihm draußen alles merkwürdig verändert vor. Es dauerte eine Weile, bis er die Hand ausstreckte und bemerkte, dass es nicht mehr regnete. Es fühlte sich an wie eine Leere.

6

Die Bettler

Was macht sie?«

»Nichts. Sie sitzt da, ganz gerade, und starrt vor sich hin.«

Sie hatte sich im Warteraum nicht einen Sessel, sondern einen Stuhl ausgesucht.

Maigret ließ sie absichtlich schmoren, wie er das nannte. Als Santoni ihm gegen neun Uhr zwanzig gemeldet hatte, Monique sei da, hatte er gebrummt:

»Sie soll im Glaskäfig warten.«

So bezeichnete er den durch Glaswände abgetrennten Raum, in dem grüne Samtsessel standen und schon viele Wartende vor Monique Thouret ihr Selbstbewusstsein verloren hatten.

»Wie sieht sie aus?«

»Sie ist in Trauer.«

»Das meine ich nicht.«

»Es war fast, als hätte sie mich dort erwartet. Ich stand zwei oder drei Meter entfernt von der Haustür in der Rue de Rivoli. Als sie kam, ging ich auf sie zu.

›Pardon, Mademoiselle …‹

Sie kniff die Augen zusammen. Wahrscheinlich ist sie kurzsichtig. Dann sagte sie: ›Ach, Sie sind's.‹

›Der Kommissar möchte Sie kurz sprechen.‹

Sie hat nicht protestiert. Ich hielt ein Taxi an, und auf der Fahrt hat sie keinen Ton gesagt.«

Es hatte nicht nur aufgehört zu regnen, die Sonne schien sogar. Die Feuchtigkeit in der Luft ließ das Licht noch leuchtender als sonst erscheinen.

Als Maigret sich zum Rapport begab, hatte er Monique von fern in ihrer Ecke sitzen sehen. Als er eine halbe Stunde später in sein Büro zurückkehrte, saß sie immer noch am selben Fleck. Nach einiger Zeit hatte er Lucas hinausgeschickt, damit er nach ihr sah.

»Liest sie?«

»Nein, sie tut gar nichts.«

Von ihrem Platz aus hatte sie einen Blick auf das Geschehen bei der Kriminalpolizei, so wie jemand in einem Restaurant durch die geöffnete Tür einen Blick in die Küche wirft. Es war ein Kommen und Gehen auf dem Flur mit den vielen Türen, Inspektoren mit Akten in der Hand traten in eines der Zimmer, kamen wieder heraus, brachen zu einem Einsatz auf oder kehrten zurück. Manchmal blieben sie stehen und wechselten ein paar Worte über einen Vorgang, manchmal wurde auch jemand in Handschellen vorbeigeführt oder eine verzweifelt weinende Frau vorwärtsgeschoben.

Andere Wartende, die nach ihr gekommen waren, hatte man längst abgefertigt. Aber sie zeigte trotzdem keinerlei Ungeduld.

Das Telefon in der Rue d'Angoulême blieb stumm. Ahnte Mariette Gibon etwas? Hatte der Trick mit der vergessenen Pfeife sie hellhörig gemacht?

Neveu, der das Haus abwechselnd mit einem Kollegen aus dem Viertel überwachte, hatte nichts Ungewöhnliches festgestellt.

Albert Jorisse hingegen hatte sich, das konnte man fast mit Gewissheit sagen, am Abend zuvor um sechs Uhr noch in Paris aufgehalten. Um diese Zeit hatte ihn der Polizist Dambois, der wie alle anderen seinen Steckbrief kannte, an der Ecke Place Clichy und Boulevard des Batignolles gesehen. Der junge Mann war gerade aus einer Bar gekommen. Hatte der Polizist sich ihm zu auffällig genähert? Jedenfalls war Jorisse sofort im dichten Gedränge verschwunden, und Dambois hatte mit Pfiffen seine Kollegen alarmiert.

Das hatte nichts ergeben und konnte es auch nicht. Vergeblich hatte man anschließend das Viertel durchsucht. Der Wirt des Bistros hatte ausgesagt, sein Gast habe kein Telefongespräch geführt, aber fünf harte Eier mit Brötchen verzehrt und drei Tassen Kaffee getrunken.

»Er schien ausgehungert zu sein.«

Untersuchungsrichter Coméliau hatte Maigret angerufen.

»Immer noch nichts Neues?«

»Ich hoffe, in achtundvierzig Stunden habe ich den Mörder.«

»Ist es denn, was wir vermuteten? Ein Raubmord?«

Er hatte bejaht.

Doch da war noch die Geschichte mit dem Messer. In der Morgenpost befand sich ein Brief der Firma, von der die Messer fabriziert wurden. Gleich zu Anfang der Ermittlungen hatte sich Janvier dort persönlich hinbegeben. Einer der leitenden Herren hatte ihm erklärt, es lasse sich unmöglich sagen, bei welchem Eisenwarenhändler das Messer gekauft worden sei. Nicht ohne Stolz nannte er die astronomisch hohe Zahl der von ihnen hergestellten Messer.

Jetzt schrieb jemand, der mit *Stellvertretender Direktor* unterzeichnet hatte, dem Chef der Kriminalpolizei eine Mitteilung. Die Nummer auf dem Messer, das am Boulevard Saint-Martin benutzt worden war, gehörte zu einer Warensendung, die vor vier Monaten an einen Grossisten in Marseille rausgegangen war.

Also hatten fünf Inspektoren drei Tage lang völlig umsonst die Eisenwarenhändler von Paris befragt. Janvier war wütend.

»Und was soll ich jetzt tun, Chef?«

»Sag in Marseille Bescheid! Und dann gehst du mit Moers oder einem anderen aus dem Labor in die Rue d'Angoulême. Moers soll alle Fingerabdrücke aufnehmen, die er in dem Zimmer findet. Vor allem soll er oben auf dem Spiegelschrank genau nachsehen.«

Währenddessen wartete Monique immer noch. Und hin und wieder schickte Maigret jemanden hinaus, der einen Blick in den Käfig werfen sollte.

»Was macht sie?«

»Nichts.«

Nach einer Stunde Warten waren schon Stärkere als sie in dem Glaskasten am Ende mit ihren Nerven gewesen.

Um Viertel vor elf endlich sagte Maigret seufzend:

»Sie soll hereinkommen.«

Er empfing sie stehend und entschuldigte sich.

»Da ich mich ausführlich mit Ihnen unterhalten möchte, musste ich erst die laufenden Angelegenheiten erledigen.«

»Ich verstehe.«

»Nehmen Sie bitte Platz.«

Sie setzte sich, strich mit beiden Händen die Haare an den Schläfen glatt und legte ihre Handtasche auf den Schoß. Er setzte sich an seinen Schreibtisch, steckte eine Pfeife in den Mund und murmelte, bevor er das Streichholz anzündete:

»Erlauben Sie?«

»Mein Vater hat geraucht, und meine Onkel rauchen auch.«

Sie war weniger nervös und beklommen als bei ihrem ersten Besuch. Die Luft war so milde an diesem Morgen, dass der Kommissar das Fenster halb geöffnet hatte. Die Geräusche von draußen drangen gedämpft herein.

»Ich möchte natürlich über Ihren Vater sprechen.«

Sie nickte.

»Und auch über Sie und andere Personen.«

Sie tat nichts, um ihm die Sache zu erleichtern, sah ihn nur gerade an und wartete, als wüsste sie im Voraus alle Fragen, die er ihr stellen würde.

»Lieben Sie Ihre Mutter sehr, Mademoiselle Monique?«

Er wollte sie zunächst ganz harmlos vernehmen, so wie man mit einem Kind spricht, und sie allmählich in die Enge treiben, sodass sie schließlich die Wahrheit sagen musste. Aber schon ihre erste Antwort brachte ihn aus dem Konzept.

Ruhig und als wäre es ganz natürlich, erwiderte sie:

»Nein.«

»Wollen Sie damit sagen, dass Sie sich nicht mit ihr verstehen?«

»Ich hasse sie.«

»Darf ich fragen, warum?«

Sie zuckte leicht mit den Schultern.

»Sie waren ja bei uns und haben meine Mutter gesehen.«

»Können Sie es mir nicht etwas genauer erklären?«

»Meine Mutter denkt nur an sich, an ihr eigenes Wohl und an ihre alten Tage. Es quält sie, dass sie weniger vorteilhaft geheiratet hat als ihre Schwestern. Sie möchte unbedingt den Eindruck erwecken, dass sie es genauso gut hat wie meine Tanten.«

Maigret bemühte sich, nicht zu lächeln, aber sie sagte das alles mit großem Ernst.

»Haben Sie Ihren Vater geliebt?«

Sie schwieg zunächst, und er musste die Frage wiederholen.

»Ich denke nach. Ich weiß es nicht. Es ist schwer, das zuzugeben, jetzt, wo er tot ist.«

»Haben Sie ihn nicht so sehr geliebt?«

»Er war ein armer Kerl.«

»Was verstehen Sie darunter?«

»Er hat nichts dafür getan, dass es sich ändert.«

»Was?«

»Alles.«

Und mit jäher Heftigkeit setzte sie hinzu:

»Das Leben, das wir führen. Wenn man das ein Leben nennen kann. Ich habe es schon lange satt und will nur eins: weg hier.«

»Möchten Sie heiraten?«

»Heiraten oder nicht – Hauptsache, weg.«

»Planen Sie, bald von zu Hause fortzugehen?«

»So bald wie möglich.«

»Haben Sie mit Ihren Eltern darüber gesprochen?«

»Wozu sollte das gut sein?«

»Wären Sie gegangen, ohne ihnen etwas zu sagen?«

»Warum nicht? Was hätte sich dadurch für sie geändert?«

Er beobachtete sie mit wachsendem Interesse und vergaß sogar ab und zu, an seiner Pfeife zu ziehen. Er musste sie zwei- oder dreimal neu anzünden.

»Wann haben Sie erfahren, dass ihr Vater nicht mehr in der Rue de Bondy arbeitete?«, fragte er plötzlich.

Aber die erwartete Reaktion trat nicht ein. Sie musste diese Frage ebenso wie die anderen erwartet und sich die Antworten im Vorhinein zurechtgelegt haben. Anders war ihr Benehmen nicht zu erklären.

»Vor ungefähr drei Jahren, wenn ich richtig zähle. Im Januar. Januar oder Februar. Es war eisig kalt.«

Die Firma Kaplan war Ende Oktober geschlossen worden. Im Januar und Februar war Monsieur Louis noch auf der Suche nach einer neuen Stellung gewesen. In der Zeit hatte er sein letztes Geld aufgebraucht und war am Ende. Er hatte sich widerwillig entschlossen, Mademoiselle Léone und den alten Buchhalter um Geld zu bitten.

»Hat Ihr Vater es Ihnen selbst gesagt?«

»Nein, es war ganz einfach. Eines Nachmittags, als ich Gelder kassierte …«

»Sie haben da schon in der Rue de Rivoli gearbeitet?«

»Ich bin mit achtzehn in die Firma eingetreten. Eines Nachmittags musste ich eine Kundin von uns, eine Friseuse, aufsuchen. Sie wohnte zufällig in demselben Haus, in dem mein Vater arbeitete. Ich warf einen Blick in den Hof. Es war kurz nach vier und schon dunkel. Aber im hinteren Gebäude brannte kein Licht. Ich wunderte mich und fragte die Concierge. Von ihr erfuhr ich, dass die Firma Kaplan gar nicht mehr existierte.«

»Haben Sie zu Hause Ihrer Mutter etwas davon erzählt?«

»Nein.«

»Ihrem Vater auch nicht?«

»Er hätte nicht die Wahrheit gesagt.«

»War es für ihn typisch zu lügen?«

»Es ist schwer zu erklären. Zu Hause bemühte er sich, Szenen zu vermeiden. Darum tat er alles, um meine Mutter zufriedenzustellen.«

»Hatte er Angst vor ihr?«

»Er wollte seine Ruhe haben.«

Sie sagte das mit einer gewissen Verachtung.

»Sind Sie ihm gefolgt?«

»Ja. Aber nicht am nächsten Tag, da gab es keine Gelegenheit. Erst zwei oder drei Tage später. Unter dem Vorwand, ich hätte eine dringende Arbeit im Büro, habe ich einen früheren Zug genommen und am Bahnhof auf ihn gewartet.«

»Was hat er an dem Tag gemacht?«

»Er hat sich wohl in mehreren Büros vorgestellt, wie jemand, der nach einer Stelle sucht. Mittags hat er in einem kleinen Lokal Croissants gegessen, und dann ist er eilig zu einer Zeitungsredaktion gegangen, um dort am Eingang die Kleinanzeigen zu lesen. Da wusste ich Bescheid.«

»Und wie haben Sie reagiert?«

»Wie meinen Sie das?«

»Haben Sie sich gefragt, warum er zu Hause nichts davon sagte?«

»Nein. Er hätte es nicht gewagt. Es hätte eine Riesenszene gegeben. Meine Onkel und Tanten hätten es benutzt, um ihn mit guten Ratschlägen zu überschütten. Und zu wiederholen, dass er keine Initiative zeigt. Von klein auf habe ich das immer gehört.«

»Trotzdem brachte Ihr Vater am Monatsende sein Gehalt nach Hause?«

»Ja, und das konnte ich am wenigsten begreifen.

Ich war jedes Mal darauf gefasst, dass er mit leeren Händen kam. Stattdessen sagte er eines Tages zu meiner Mutter, dass er eine Gehaltserhöhung gefordert und auch bekommen hätte.«

»Wann war das?«

»Nicht viel später. Es war Sommer. Ungefähr im August.«

»Haben Sie daraus geschlossen, dass Ihr Vater eine neue Stellung gefunden hatte?«

»Ja. Ich wollte es genau wissen und bin ihm wieder gefolgt. Aber er arbeitete immer noch nicht. Er ging spazieren und setzte sich manchmal auf eine Bank. Ich dachte, dass er vielleicht gerade seinen freien Tag hatte, deshalb bin ich ihm an einem anderen Wochentag, eine oder zwei Wochen später, erneut nachgegangen. Diesmal sah er mich. Es war auf einem Boulevard. Er hatte sich eben auf einer Bank niedergelassen. Er wurde leichenblass, zögerte kurz und kam dann auf mich zu.«

»Wusste er, dass Sie ihm gefolgt waren?«

»Ich glaube nicht. Er wird es für reinen Zufall gehalten haben. Er hat mir allerlei erzählt und mich zu einem Kaffee auf einer Terrasse eingeladen. Es war sehr heiß an dem Tag.«

»Was hat er Ihnen erzählt?«

»Dass die Firma Kaplan Bankrott gemacht hat und er deshalb auf der Straße stand. Er wollte aber meiner Mutter nichts sagen, um sie nicht zu beunruhigen. Er hat fest damit gerechnet, schnell eine andere Stellung zu finden.«

»Trug er gelbe Schuhe?«

»An dem Tag nicht. Er sagte dann weiter, dass alles viel schwerer war, als er es sich vorgestellt hatte; inzwischen aber sei das Schlimmste überwunden, er würde für eine Versicherung arbeiten und hätte dort viel freie Zeit.«

»Warum hat er zu Hause nichts davon gesagt?«

»Wieder nur meiner Mutter wegen. Sie verachtet die Leute, die von Tür zu Tür gehen, um Staubsauger zu verkaufen oder Versicherungen abzuschließen. Für sie sind es Taugenichtse und Bettler. Hätte sie erfahren, dass ihr Mann in diesem Gewerbe tätig ist, wäre sie in ihrem Stolz so gekränkt gewesen, dass sie das Leben unerträglich gefunden hätte. Vor allem gegenüber ihren Schwestern.«

»Ihre Mutter gibt sehr viel auf die Meinung ihrer Schwestern, nicht wahr?«

»Sie will ihnen in nichts nachstehen.«

»Haben Sie Ihrem Vater geglaubt, was er von seiner Arbeit bei der Versicherung erzählte?«

»Zuerst ja.«

»Und später?«

»Später war ich nicht mehr so sicher.«

»Weshalb?«

»Zunächst, weil er zu viel Geld verdiente.«

»War es denn so viel?«

»Ich weiß nicht, was Sie unter ›so viel‹ verstehen. Nach einigen Monaten sagte er, dass er zum stellvertretenden Direktor, natürlich immer noch in der Firma Kaplan, ernannt worden wäre, und er hätte eine neue Gehaltserhöhung bekommen. Ich erinnere mich noch an einen Streit deswegen. Maman wollte unbedingt, dass er den neuen Titel in seinen Personalausweis eintragen ließ. Das Wort ›Lagerverwalter‹ hatte sie schon immer gestört. Aber er fand, dass sich der Aufwand für eine solche Kleinigkeit nicht lohnte.«

»Ich vermute, Ihr Vater und Sie haben sich dabei wissende Blicke zugeworfen?«

»Als er sicher war, dass meine Mutter mich nicht sehen konnte, hat er mir zugezwinkert. Manchmal hat er mir morgens einen Geldschein zugesteckt.«

»Um Ihr Schweigen zu erkaufen?«

»Nein. Es machte ihm Freude, mir Geld zu schenken.«

»Sie haben gesagt, Sie hätten hin und wieder mit ihm zu Mittag gegessen.«

»Das stimmt. Er hat sich dann leise im Flur mit mir verabredet. Im Restaurant musste ich mir das Teuerste aussuchen. Und nach dem Essen wollte er mich ins Kino einladen.«

»Trug er dann seine gelben Schuhe?«

»Ein Mal. Da habe ich ihn gefragt, wo er die Schuhe wechselte, und er hat geantwortet, dass er wegen seiner Geschäfte ein Zimmer in der Stadt hätte.«

»Hat er Ihnen die Adresse gegeben?«

»Nicht gleich. Das alles hat eine ganze Weile gedauert.«

»Hatten Sie einen Freund?«

»Nein.«

»Wann haben Sie Albert Jorisse kennengelernt?«

Sie errötete nicht und versuchte auch keine Ausrede. Auch auf diese Frage war sie gefasst.

»Vor vier oder fünf Monaten.«

»Lieben Sie ihn?«

»Wir wollen zusammen fort.«

»Wollen Sie heiraten?«

»Sobald er alt genug ist. Er ist erst neunzehn Jahre alt, und er kann nicht ohne Einwilligung seiner Eltern heiraten.«

»Verweigern die Eltern ihm die Einwilligung?«

»Sie würden sie ihm bestimmt nicht geben.«

»Warum nicht?«

»Weil er keine Stellung hat. Seine Eltern interessiert nur das. Wie meine Mutter.«

»Wohin wollen Sie gehen?«

»Nach Südamerika. Ich habe schon einen Pass beantragt.«

»Haben Sie Geld?«

»Ja, etwas. Ich kann einen Teil von dem, was ich verdiene, behalten.«

»Wann haben Sie Ihren Vater zum ersten Mal um Geld gebeten?«

Sie sah ihn einen Augenblick betroffen an und seufzte:

»Sie wissen aber auch alles.«

Dann setzte sie, ohne zu zögern, hinzu:

»Ich habe es geahnt. Auch deshalb sage ich Ihnen die Wahrheit. Ich nehme an, Sie sind nicht so gemein, das alles meiner Mutter zu erzählen. Es sei denn, Sie sind genauso wie sie!«

»Ich habe nicht die Absicht, Ihrer Mutter davon zu berichten.«

»Es würde übrigens auch nichts ändern.«

»Sie wollen sagen, dass Sie trotzdem fortgehen werden?«

»Ja, früher oder später.«

»Woher kannten Sie die Pariser Adresse Ihres Vaters?«

Diesmal war sie nahe daran, zu lügen.

»Albert hat sie herausgefunden.«

»Indem er ihm folgte?«

»Ja. Wir haben uns beide gefragt, womit mein Vater wohl seinen Lebensunterhalt verdiente. Deshalb sollte Albert ihm nachgehen.«

»Warum waren Sie daran so interessiert?«

»Albert meinte, dass sich mein Vater auf verbotene Geschäfte eingelassen hatte.«

»Was hätte es Ihnen genützt, das zu wissen?«

»Er schien jedenfalls sehr viel Geld zu verdienen.«

»Wollten Sie ihn fragen, ob er Ihnen einen Teil davon abgibt?«

»Wenigstens so viel, dass wir das Schiff bezahlen können.«

»Indem Sie ihn erpressten?«

»Es ist doch ganz normal, dass ein Vater …«

»Kurz, Ihr Freund Albert spionierte Ihrem Vater hinterher.«

»Er ist ihm drei Tage lang auf Schritt und Tritt gefolgt.«

»Was hat er entdeckt?«

»Haben *Sie* etwas entdeckt?«

»Ich habe Ihnen eine Frage gestellt.«

»Erstens, dass mein Vater ein Zimmer in der Rue d'Angoulême hatte. Zweitens, dass er keineswegs Versicherungsvertreter war, sondern die meiste Zeit auf den Boulevards herumschlenderte und sich hier und dort auf eine Bank setzte. Drittens …«

»Drittens?«

»Dass er eine Geliebte hatte.«

»Wie hat diese Entdeckung auf Sie gewirkt?«

»Mir wäre es lieber gewesen, dass sie jung und hübsch ist. Sie gleicht Maman.«

»Haben Sie sie gesehen?«

»Albert hat mir gezeigt, wo sie sich gewöhnlich trafen.«

»In der Rue Saint-Antoine?«

»Ja, in einem kleinen Café. Ich bin wie zufällig vorübergegangen und habe rasch einen Blick hineingeworfen. Ich konnte sie mir nicht genauer ansehen, aber so hatte ich doch immerhin eine Vorstellung. Das Leben mit ihr wird nicht angenehmer gewesen sein als das mit meiner Mutter.«

»Und dann sind Sie in die Rue d'Angoulême gegangen?«

»Ja.«

»Hat Ihnen Ihr Vater Geld gegeben?«

»Ja.«

»Haben Sie ihn erpresst?«

»Nein. Ich habe behauptet, ich hätte den Umschlag mit den Beträgen, die ich am Nachmittag einkassiert hatte, verloren. Und man würde mich auf die Straße setzen, wenn ich das Geld nicht wiederfände. Und mich obendrein wegen Diebstahls anzeigen.«

»Wie nahm er das auf?«

»Er schien verlegen. Ich bemerkte das Foto der Frau auf dem kleinen Tischchen. Ich nahm es in die Hand und fragte verwundert:

›Wer ist denn das?‹«

»Was hat er darauf erwidert?«

»Eine Jugendfreundin. Er hätte sie zufällig wiedergetroffen.«

»Finden Sie Ihr Benehmen Ihrem Vater gegenüber nicht ziemlich frech?«

»Ich wehre mich nur.«

»Gegen wen?«

»Gegen alle. Ich will nicht enden wie meine Mutter, in einem lächerlichen Haus, in dem man erstickt.«

»Hat Albert Ihren Vater auch aufgesucht?«

»Davon weiß ich nichts.«

»Sie lügen, meine Liebe.«

Sie sah ihn ernst an und sagte schließlich:

»Ja.«

»Warum lügen Sie gerade in diesem Punkt?«

»Weil ich seit der Ermordung meines Vaters damit rechne, dass man Albert verdächtigen wird.«

»Wissen Sie, dass er verschwunden ist?«

»Er hat mich angerufen.«

»Wann?«

»Bevor er verschwunden ist, wie Sie es nennen. Vor zwei Tagen.«

»Hat er Ihnen gesagt, wohin er wollte?«

»Nein. Er war sehr aufgeregt. Er ist überzeugt, dass man ihn des Mordes beschuldigen wird.«

»Warum?«

»Weil er in der Rue d'Angoulême war.«

»Wann haben Sie erfahren, dass wir ihm auf der Spur sind?«

»Als Ihr Inspektor Mademoiselle Blanche verhört hat, diese dumme Gans. Sie hasst mich. Hinterher hat sie geprahlt, sie hätte so viel über mich erzählt, dass mir jetzt der Mund gestopft wäre. So hat sie es ausgedrückt. Ich habe versucht, Albert zu beruhigen. Ich habe gesagt, dass es sehr dumm ist, wenn er sich versteckt, weil er sich gerade dadurch verdächtig macht.«

»Und er hat trotzdem nicht Vernunft angenommen?«

»Nein. Er konnte am Telefon kaum sprechen vor Aufregung.«

»Was beweist Ihnen, dass er Ihren Vater nicht ermordet hat?«

»Warum sollte er das getan haben?«

Und in wohlüberlegtem, vernünftigem Ton fügte sie hinzu:

»Wir konnten ja so viel Geld von ihm fordern, wie wir wollten.«

»Und wenn er es Ihnen verweigert hätte?«

»Das hätte er nicht gekonnt. Albert brauchte ihm nur zu drohen, er würde alles meiner Mutter erzählen. Ich weiß, was Sie denken. Sie halten mich für frech, wie Sie gesagt haben. Aber wenn Sie Ihre sogenannten schönsten Jahre in der Atmosphäre von Juvisy verbracht hätten …«

»Haben Sie Ihren Vater gesehen, an dem Tag seines Todes?«

»Nein.«

»Hat Albert ihn gesehen?«

»Nein, da bin ich fast sicher. Wir hatten nichts

vor an dem Tag. Mittags haben wir zusammen gegessen, wie immer, und er hat nichts davon gesagt.«

»Wissen Sie, wo Ihr Vater sein Geld aufbewahrte? Wenn ich es richtig sehe, inspizierte Ihre Mutter jeden Abend seine Taschen und seine Brieftasche.«

»Ja, das hat sie immer getan.«

»Warum?«

»Weil sie vor mehr als zehn Jahren an seinem Taschentuch Lippenstiftspuren entdeckt hat. Sie benutzt keinen.«

»Sie waren damals noch ein Kind.«

»Ich war erst zehn oder zwölf, aber ich erinnere mich gut. Meine Eltern haben mich gar nicht beachtet. Mein Vater hat geschworen, eine der Packerinnen wäre wegen der Hitze im Geschäft ohnmächtig geworden und er hätte ihr sein Taschentuch mit Alkohol unter die Nase gehalten.«

»Wahrscheinlich war es genau so.«

»Meine Mutter hat es ihm nicht geglaubt.«

»Um auf meine Frage zurückzukommen, Ihr Vater konnte nicht mehr Geld mit nach Hause nehmen, als er angeblich verdiente.«

»Er bewahrte es in seinem Zimmer auf.«

»Auf dem Spiegelschrank?«

»Woher wissen Sie das?«

»Und Sie?«

»Als ich einmal zu ihm kam, um ihn um Geld zu bitten, stieg er auf einen Stuhl und nahm einen gelben Umschlag vom Schrank. Es waren Tausendfrancscheine darin.«

»Viele?«

»Ein ganzes Bündel.«

»Wusste Albert davon?«

»Das wäre kein Grund, ihn zu töten. Ich bin sicher, dass er es nicht getan hat. Er hätte im Übrigen kein Messer benutzt.«

»Warum sind Sie da so sicher?«

»Ich habe gesehen, wie er fast umgekippt ist, als er sich mal in den Finger geschnitten hat. Wenn er Blut sieht, wird ihm schlecht.«

»Schlafen Sie mit ihm?«

Wieder einmal zuckte sie mit den Schultern:

»Was für eine Frage!«

»Wo?«

»Irgendwo. Es gibt genügend Stundenhotels in Paris, genau dafür. Sie wollen doch nicht behaupten, die Polizei weiß nichts davon?«

»Also, um diese interessante Unterhaltung zusammenzufassen: Albert und Sie haben Ihren Vater erpresst und wollten, wenn Sie genügend Geld beisammenhätten, nach Südamerika abdampfen.«

Sie widersprach nicht.

»Und ich halte fest, dass Sie trotz Ihres Nachspionierens nicht herausbekommen konnten, woher Ihr Vater das Geld hatte.«

»Wir haben uns nicht allzu sehr darum bemüht.«

»Wie auch immer. Entscheidend ist das Ergebnis.«

Maigret hatte den Eindruck, dass sie ihn manchmal fast mitleidig ansah. Sie schien ihn, obwohl Kommissar der Kriminalpolizei, für ebenso naiv zu halten wie ihre Mutter, Tanten oder Onkel.

»Jetzt wissen Sie ja alles«, murmelte sie und machte Anstalten, sich zu erheben. »Sie haben sicher bemerkt, dass ich nicht so getan habe, als könnte ich kein Wässerchen trüben. Was Sie über mich denken, ist mir übrigens egal.«

Doch irgendetwas schien sie noch zu quälen.

»Sie werden meiner Mutter bestimmt nichts sagen?«

»Was wäre denn dabei, wo Sie doch in jedem Fall fortwollen?«

»Erstens wird es noch eine Zeit dauern, und zweitens möchte auch ich eine Szene vermeiden.«

»Ich verstehe.«

»Albert ist noch nicht volljährig, und seine Eltern könnten ...«

»Ich würde mich auch mit ihm gern unterhalten.«

»Wenn es nach mir ginge, würde er noch heute Vormittag herkommen. Der Dummkopf! Er hat sich bestimmt irgendwo versteckt und schlottert vor Angst.«

»Sie bringen keine große Bewunderung für ihn auf.«

»Ich bewundere niemanden.«

»Außer sich selbst.«

»Nein, auch das nicht. Ich wehre mich.«

Wozu darüber streiten?

»Wissen meine Chefs, dass ich hier bin?«

»Ich habe bei Geber & Bachelier angerufen und gesagt, dass ich Sie wegen gewisser Formalitäten benötige.«

»Wann werde ich dort zurückerwartet?«

»Ich habe keinen Zeitpunkt angegeben.«

»Kann ich jetzt gehen?«

»Ich halte Sie nicht zurück.«

»Lassen Sie mich von einem Ihrer Inspektoren beschatten?«

Er musste sich das Lachen verkneifen.

»Möglicherweise.«

»Es wäre Zeitverschwendung.«

»Vielen Dank.«

In der Tat wurde Janvier, der frei war, damit beauftragt, ihr zu folgen, obwohl Maigret überzeugt war, dass es zu nichts führen würde.

Er selbst blieb noch gut zehn Minuten an seinem Schreibtisch sitzen, die Ellbogen aufgestützt, die Pfeife zwischen den Zähnen, und blickte gedankenverloren zum Fenster. Schließlich schüttelte er sich wie jemand, der gerade erst aufgewacht und noch nicht ganz bei sich ist, und brummte halblaut vor sich hin:

»Alter Idiot.«

Ohne recht zu wissen, was er jetzt tun sollte, ging er ins Büro der Inspektoren hinüber.

»Noch immer nichts Neues von dem Burschen?«

Dieser musste doch das Bedürfnis haben, mit Monique Verbindung aufzunehmen. Aber wie sollte er es anstellen, ohne verhaftet zu werden? Maigret hatte vergessen, der jungen Frau eine Frage zu stellen, die nicht ganz unwichtig war. Wer von den beiden bewahrte das Geld auf, das das Liebespaar für die Überfahrt nach Amerika beiseitelegte, sie oder er? Wenn er es war, trug er das Geld wahrscheinlich bei sich. Andernfalls hatte er womöglich nicht einmal genügend Geld, um sich etwas zu essen zu kaufen.

Maigret wartete noch einige Minuten, ging nachdenklich in den beiden Büros hin und her und rief dann in der Firma Geber & Bachelier an.

»Ich möchte mit Mademoiselle Monique Thouret sprechen.«

»Einen Augenblick. Ich glaube, sie kommt gerade zurück.«

»Hallo«, hörte er Moniques Stimme.

»Freuen Sie sich nicht zu früh, hier spricht nicht Albert, sondern der Kommissar. Ich habe noch eine Frage: Wer hat das Geld, Sie oder er?«

Sie verstand sofort.

»Ich.«

»Wo?«

»Hier. Mein Schreibtisch lässt sich abschließen.«

»Hat er Geld in der Tasche?«

»Bestimmt nicht viel.«

»Danke, das ist alles.«

Lucas bedeutete dem Kommissar, dass er an einem anderen Apparat verlangt wurde. Er erkannte die Stimme Lapointes.

»Rufst du aus der Rue d'Angoulême an?«, fragte er verwundert.

»Nicht aus dem Haus. Aus dem Bistro an der Ecke.«

»Was gibt's?«

»Ich weiß nicht, ob es wichtig ist, aber ich erzähle es Ihnen lieber. Das Zimmer wurde gründlich geputzt. Der Fußboden und die Möbel sind frisch gewachst, und überall wurde Staub gewischt.«

»Auch oben auf dem Schrank?«

»Ja, auch da. Ich hatte den Eindruck, dass die Frau mich spöttisch mustert. Ich habe gefragt, wann sauber gemacht wurde. Sie hat geantwortet, dass gestern Nachmittag die Putzfrau da war, die zweimal wöchentlich kommt. Deshalb hat sie die Gelegenheit genutzt und gründlich rein machen lassen.

Sie haben es ihr nicht untersagt, und da sie das Zimmer wieder vermieten will …«

Das hätte nicht passieren dürfen. Maigret hatte nicht daran gedacht.

»Wo ist Moers?«

»Oben. Er sucht immer noch, ob er nicht doch einen Fingerabdruck entdecken kann. Bisher nicht. Wenn es wirklich eine Putzfrau war, hat sie gute Arbeit geleistet. Soll ich zum Quai zurückkommen?«

»Nicht gleich. Erkundige dich nach dem Namen und der Adresse der Frau, und geh zu ihr. Sie soll dir erzählen, wie das alles vor sich gegangen ist, welche Anweisungen sie bekommen hat und wer in dem Zimmer war, während sie dort arbeitete ...«

»Verstanden.«

»Moers soll zurückkommen. Noch etwas: Einer von der Sitte müsste dort in der Nähe sein.«

»Ja, Dumoncel. Ich habe eben mit ihm gesprochen.«

»Er soll Verstärkung anfordern. Wenn eine der Mieterinnen das Haus verlässt, soll jemand ihr folgen.«

»Es sieht nicht so aus, als ob sie bald ausgehen würden. Eine von ihnen hat die Marotte, nackt im Treppenhaus herumzuspazieren, die andere ist im Begriff, ein Bad zu nehmen, und die Dritte ist wohl schon seit mehreren Tagen nicht aufgetaucht.«

Maigret begab sich zum Chef, wie er es manchmal tat, ohne besonderen Grund, bloß um ein bisschen über den gerade aktuellen Fall zu sprechen. Er mochte die Atmosphäre in dem Büro und stand dort immer vor demselben Fenster, durch das man auf den Pont Saint-Michel und auf die Quais sah.

»Müde?«

»Es kommt mir vor wie ein Geduldsspiel. Ich wäre am liebsten überall zugleich und laufe schließlich doch nur in meinem Büro im Kreis herum. Heute Morgen hatte ich eine Vernehmung, eine der …«

Er hielt inne und suchte vergeblich nach dem passenden Wort. Er fühlte sich wie erschlagen, genauer gesagt so mutlos und leer, als hätte er einen Kater.

»Es war eine junge Frau, fast noch ein Mädchen.«

»Thourets Tochter?«

Das Telefon klingelte. Der Chef nahm den Hörer ab.

»Ja, er ist hier.«

Und zu Maigret sagte er:

»Für Sie. Neveu ist da, mit irgendjemand, den er Ihnen schleunigst vorführen möchte.«

»Ich komme sofort.«

Im Vorzimmer stand Inspektor Neveu, sehr aufgeregt, und neben ihm auf einem Stuhl saß ein blasser, dürrer Mann, dessen Alter schwer zu bestimmen war und der Maigret seltsam bekannt vorkam. Er hatte sogar das Gefühl, ihn wie seine Westentasche zu kennen. Dabei konnte er sich nicht an einen Namen erinnern.

»Willst du mich erst unter vier Augen sprechen?«, fragte er Neveu.

»Nein, das ist nicht nötig. Es wäre außerdem leichtsinnig, den Kerl auch nur kurz aus den Augen zu lassen.«

Erst jetzt bemerkte Maigret, dass der Mann Handschellen trug.

Er öffnete die Tür zu seinem Büro. Der Gefangene, der den einen Fuß etwas nachzog, trat ein. Er roch nach Alkohol. Neveu schloss hinter ihm die Tür zu und nahm ihm die Handschellen ab.

»Erkennen Sie ihn nicht wieder, Chef?«

Maigret fiel der Name immer noch nicht ein, aber plötzlich hatte er eine Erleuchtung. Der Mann hatte das Gesicht eines abgeschminkten Clowns, Wangen wie aus Gummi und einen großen Mund, der sich ständig zu einem zugleich bitteren und schalkhaften Ausdruck verzog.

Wer hatte in diesem Fall von einem Clownsgesicht gesprochen? Mademoiselle Léone? Monsieur Saimbron, der alte Buchhalter? Jemand, der Monsieur Louis auf einer Bank am Boulevard Saint-Martin oder am Boulevard Bonne-Nouvelle mit einer anderen Person gesehen hatte.

»Setz dich.«

Vertraut mit den Gebräuchen in diesem Haus, antwortete der Mann:

»Danke, Chef.«

7

Der Regenmantelhändler

Jef Schrameck alias Fred der Clown alias der Akrobat, geboren in Riquewihr, Département Haut-Rhin, dreiundsechzig Jahre alt.«

Ganz erregt über seinen Erfolg, kündigte Inspektor Neveu den Gefangenen an wie eine Zirkusnummer.

»Erinnern Sie sich jetzt, Chef?«

Es lag mindestens fünfzehn Jahre zurück, vielleicht länger, und hatte sich nicht weit vom Boulevard Saint-Martin, irgendwo zwischen der Rue de Richelieu und der Rue Drouot zugetragen.

»Dreiundsechzig Jahre?«, wiederholte Maigret und musterte den Mann, der den Blick mit einem geschmeichelten Lächeln erwiderte.

Vielleicht sah man ihm sein Alter nicht an, weil er so mager war. Er wirkte alterslos. Vor allem der Ausdruck seines Gesichts ließ ihn jünger erscheinen, als er in Wirklichkeit war. Obwohl ihn seine Verhaftung doch erschrecken musste, machte er sich offenbar über die anderen und sich selbst lustig. Vermutlich war es zu einer Marotte geworden,

Grimassen zu schneiden und andere zum Lachen bringen zu wollen.

Das Erstaunlichste war, dass er schon über fünfundvierzig Jahre alt gewesen war, als die Geschichte an den Boulevards ihn für einige Wochen berühmt gemacht hatte.

Maigret drückte auf den Knopf des Haustelefons und nahm den Hörer ab.

»Ich brauche die Akte Schrameck. Jef Schrameck, geboren in Riquewihr, Haut-Rhin.«

Er erinnerte sich nicht genau, wie es begonnen hatte. Es war abends gewesen, gegen acht. Auf den Boulevards war viel los, alle Terrassen voller Menschen. Es war wohl noch ganz am Anfang des Frühlings gewesen, denn es war früh dunkel.

Und hatte dann jemand in einem der Büros der umliegenden Häuser den hin und her zuckenden Schein einer Taschenlampe bemerkt? Jedenfalls wurde die Polizei alarmiert, die sofort kam. Wie immer hatten die Gaffer dicht gedrängt gestanden, obwohl nur die wenigsten wussten, was überhaupt los war.

Niemand ahnte, dass sich das Spektakel über fast zwei Stunden ziehen würde, mit dramatischen und komischen Momenten. Am Ende gab es so viele Schaulustige, dass die Polizei Absperrungen errichten musste.

Der in dem Büro gefangene Einbrecher war nämlich aus einem der Fenster gestiegen und hatte sich am Abflussrohr die Fassade hinaufgehangelt. Als er den Fuß auf ein Sims im Stockwerk darüber setzte, erschien dort am Fenster sogleich ein Polizist. Doch bevor der Beamte ihn greifen konnte, setzte der Mann seine waghalsige Kletterpartie fort, begleitet von schrillen Schreckensrufen der Frauen unten in der Menge.

Es war eine der besonders dramatischen Verfolgungsjagden in der Geschichte der Polizei. Während die einen ins Innere des Gebäudes und immer höher hinaufstürmten und ein Fenster nach dem anderen aufrissen, schien der Mann eine Zirkusnummer zu seinem eigenen Vergnügen aufzuführen.

Er hatte das Dach als Erster erreicht, ein Satteldach, auf das sich die Polizisten nur zögernd wagten. Er hingegen war völlig schwindelfrei, sprang auf ein Nachbardach und so von Haus zu Haus bis zur Ecke der Rue Drouot, wo er in einer Dachluke verschwand.

Man verlor ihn aus den Augen. Erst eine Viertelstunde später tauchte er auf einem anderen Dach wieder auf. Die Leute unten deuteten mit dem Finger dorthin und schrien:

»Da ist er!«

Keiner wusste, ob er bewaffnet war und was er eigentlich getan hatte. Aber es ging das Gerücht, er hätte mehrere Menschen ermordet.

Um die Spannung in der Menge bis zum Äußersten zu steigern, erschien auch die Feuerwehr mit ihren Leitern, und wenig später glitt das Licht von Scheinwerfern suchend über die Dächer.

Als man den Mann endlich in der Rue de la Grange-Batelière hatte festnehmen können, war er nicht einmal außer Atem. Stolz auf seine Leistung, machte er sich über die Polizisten lustig. Und in dem Augenblick, als man ihn in einen Wagen hieven wollte, entwand er sich wie ein Aal dem Griff seiner Verfolger. Gott wusste, wie, aber es gelang ihm, in der Menge unterzutauchen und spurlos zu verschwinden.

Das war er, Schrameck. Tagelang hatten die Zeitungen über den Akrobaten berichtet. Und nur dank eines großen Zufalls war er nun schließlich auf einer Rennbahn gefasst worden.

Sehr jung hatte er seine Laufbahn in einem Zirkus begonnen und war mit ihm durch das Elsass und Deutschland gezogen. Später hatte er auf Jahrmärkten in Paris gearbeitet, wenn er nicht gerade wegen Einbruchs im Gefängnis saß.

»Ich hätte nicht gedacht«, sagte Inspektor Neveu, »dass er seine alten Tage in meinem Viertel verbringt.«

Worauf der Gefangene würdevoll entgegnete:

»Ich führe schon seit langer Zeit ein geregeltes Leben.«

»Mir wurde von einem großen, mageren Mann unbestimmten Alters berichtet, der zusammen mit Monsieur Louis auf einer Bank gesessen haben soll.«

Irgendjemand hatte ihn Maigret gegenüber beschrieben als »einer, wie man sie oft auf den Bänken sitzen sieht«.

Fred der Clown gehörte zu jener Sorte Menschen, bei denen es keinen wundert, wenn sie stundenlang untätig herumsitzen, die Vorübergehenden beobachten und ab und zu den Tauben ein paar Krumen hinwerfen. Sie sind so grau wie das Straßenpflaster, nichts und niemand scheint auf sie zu warten.

»Bevor Sie ihn vernehmen, muss ich Ihnen berichten, wie ich ihn gefasst habe. Ich war in eine Bar gegangen in der Rue Blondel, ganz nah bei der Porte Saint-Martin. Sie heißt Chez Fernand und ist zugleich ein Wettbüro. Fernand ist ein ehemaliger Jockey, ich kenne ihn gut. Ich habe ihm das Foto von Monsieur Louis gezeigt, und er schien ihn gleich wiederzuerkennen.

›Ist er einer deiner Kunden?‹, habe ich gefragt.

›Nein, er selbst nicht, aber er war zwei oder drei Mal mit einem meiner Stammgäste hier.‹

›Wer ist dieser Stammgast?‹

›Fred der Clown.‹

›Der Akrobat? Ich dachte, der ist längst tot oder sitzt im Gefängnis.‹

›Nein, er ist quicklebendig und kommt jeden Nachmittag her, um einen Schnaps zu trinken und zu wetten. Jetzt hab ich ihn allerdings schon ein paar Tage nicht gesehen.‹

›Seit wann genau?‹

Fernand hat überlegt und ist dann zu seiner Frau in die Küche gegangen, um sie zu fragen.

›Das letzte Mal am Montag.‹

›War er in Begleitung von Monsieur Louis?‹

Er konnte sich nicht daran erinnern, aber er ist sicher, den Akrobaten seitdem nicht mehr gesehen zu haben. Verstehen Sie?

Ich brauchte ihn also nur noch zu schnappen. Ich wusste, wo ich suchen musste. Ich hatte nämlich auch den Namen der Frau erfahren, mit der er seit ein paar Jahren zusammenlebt. Sie war früher Marktverkäuferin und heißt Françoise Bidou.

Ihre Adresse habe ich allerdings eben erst herausbekommen. Sie wohnt am Quai de Valmy, gegenüber vom Kanal.

Und dort habe ich unseren Freund dann im Schlafzimmer aufgestöbert. Seit Montag hat er sich dort versteckt. Damit er mir nicht gleich wieder entwischt, habe ich ihm Handschellen angelegt.«

»So geschmeidig wie früher bin ich nicht mehr«, scherzte Schrameck.

Es klopfte an die Tür. Jemand legte eine dicke

Akte mit gelbem Deckel auf Maigrets Schreibtisch. Es war Schramecks Geschichte, genauer gesagt die Geschichte seiner Begegnungen mit der Justiz.

Gemächlich, immer wieder an seiner Pfeife ziehend, blätterte Maigret in der umfangreichen Akte.

Es war die ihm liebste Tageszeit für Verhöre dieser Art. Zwischen zwölf und zwei Uhr waren nämlich die meisten Büros verwaist. Es gab kein dauerndes Kommen und Gehen, und nur selten klingelte das Telefon. Man hatte das Gefühl, das Haus ganz für sich zu haben, so wie in der Nacht.

»Bist du nicht hungrig?«, fragte er Neveu.

Der wusste nicht recht, was er antworten sollte, also fügte Maigret hinzu:

»Geh einen Happen essen. Du musst mich später vielleicht ablösen.«

»Gut, Chef.«

Mit geschwollener Brust verließ Neveu das Zimmer, und der Gefangene blickte ihm mit spöttischer Miene nach. Maigret stopfte sich eine neue Pfeife, legte seine schwere Pranke auf das Aktenstück, sah Fred den Clown fest an und murmelte:

»Nun zu uns beiden.«

Diese Vernehmung war mehr nach seinem Geschmack als die Vernehmung von Monique. Vorsichtshalber schloss er jedoch, bevor er damit begann, die Tür ab und verriegelte auch die Tür zum Büro der Inspektoren. Als er flüchtig aus dem

Fenster sah, murmelte Jef mit einer komischen Grimasse:

»Keine Angst. Kletterpartien sind nichts mehr für mich.«

»Ich nehme an, du weißt, warum du hier bist?«

Der Clown spielte den Ahnungslosen.

»Es sind doch immer dieselben, die man sich greift«, klagte er. »Das erinnert mich an die guten alten Zeiten. Seit Jahren ist mir das nicht mehr passiert.«

»Dein Freund Louis ist ermordet worden. Tu nicht so erstaunt. Du weißt genau, von wem ich spreche. Und ebenso gut weißt du, dass sehr wahrscheinlich du des Mordes angeklagt wirst.«

»Das wäre ein weiterer Justizirrtum.«

Maigret nahm den Hörer ab.

»Geben Sie mir die Bar Chez Fernand, Rue Blondel.«

Als sich Fernand am Apparat meldete, sagte er:

»Hier ist Kommissar Maigret. Es handelt sich um einen Ihrer Stammgäste, Jef Schrameck … der Akrobat, ja … Ich möchte wissen, ob er hoch gewettet hat … Wie? … Ja, verstehe … Und in letzter Zeit? … Samstag? … Danke schön … Nein. Das genügt im Augenblick …«

Maigret schien zufrieden zu sein. Jef dagegen wirkte etwas beunruhigt.

»Soll ich wiederholen, was ich eben gehört habe?«

»Ach, es wird so viel geredet!«

»Dein ganzes Leben lang hast du all dein Geld verwettet.«

»Hätte die Regierung es verboten, wäre mir das nicht passiert.«

»Seit mehreren Jahren kaufst du deine Wettscheine bei Fernand.«

»Das ist ein amtliches Wettbüro.«

»Aber irgendwo musst du das Geld ja schließlich herbekommen, das du auf die Pferde setzt. Bis vor ungefähr zweieinhalb Jahren hast du immer nur ganz kleine Summen gewettet, und manchmal blieb dir nicht einmal das, was deine Zeche kostete. Bei Fernand konntest du anschreiben lassen.«

»Er hätte das nicht erlauben sollen. Es hat mich ermuntert wiederzukommen.«

»Du hast immer größere Beträge gewettet, manchmal riesige Summen. Und ein paar Tage später warst du wieder in der Klemme.«

»Was beweist das?«

»Letzten Samstag hast du einen dicken Haufen Geldscheine gesetzt.«

»Na und? Es gibt reiche Leute, die setzen bis zu einer Million auf ein Pferd.«

»Woher hattest du das Geld?«

»Ich habe eine Frau, die arbeitet.«

»Was?«

»Sie macht bei verschiedenen Leuten die Hausarbeit, hilft manchmal auch in einem Bistro am Quai aus.«

»Willst du mich auf den Arm nehmen?«

»Das würde ich niemals wagen, Monsieur Maigret.«

»Hör zu, wir wollen hier nicht wie die Katze um den heißen Brei herumstreichen.«

»Aber ich muss mich ja schließlich …«

»Ich sage dir trotzdem, wie es aussieht. Mehrere Zeugen haben dich in Begleitung eines gewissen Monsieur Louis gesehen.«

»Ein grundanständiger Mensch.«

»Das spielt jetzt keine Rolle. Man hat euch nicht erst kürzlich, sondern schon vor zweieinhalb Jahren zusammen gesehen. Damals war Monsieur Louis ohne Stellung und nagte am Hungertuch.«

»Ich weiß, wie das ist«, seufzte Jef. »Ach, und es schmeckt so scheußlich, das Hungertuch!«

»Wovon du damals gelebt hast, weiß ich nicht. Aber ich will immerhin glauben, dass deine Françoise dich in der Zeit durchgebracht hat. Du hast auf Bänken herumgelungert, hin und wieder riskiert, ein paar Franc auf ein Pferd zu wetten, und hast in den Bistros anschreiben lassen. Monsieur Louis dagegen musste sich mindestens von zwei Menschen Geld leihen.«

»Das beweist eben, dass es arme Leute auf Erden gibt.«

Maigret nahm keine Notiz davon. Bemerkungen wie diese gehörten zu Jefs Repertoire, mit dem er die Leute zum Lachen bringen und ablenken wollte. Bei ihm verfing das aber nicht, und er fuhr darum unbeirrt fort:

»Auf einmal wart ihr beide wohlhabend. Die Untersuchung wird die genauen Daten feststellen.«

»Ich hatte nie ein Gedächtnis für Daten.«

»Seitdem gab es Phasen, in denen du hoch gewettet, und andere, wo du auf Pump getrunken hast. Daraus muss jeder schließen, dass ihr, Monsieur Louis und du, eine Geldquelle hattet, die viel Geld spuckte, allerdings nicht regelmäßig. Wir werden uns mit dieser Frage später beschäftigen.«

»Schade. Ich würde die Geldquelle sehr gern kennen.«

»Das Lachen wird dir bald vergehen. Ich wiederhole, am Samstag bist du stinkreich, ein paar Stunden später hast du alles verloren. Am Montagnachmittag dann wird dein Komplize, Monsieur Louis, in einer Sackgasse am Boulevard Saint-Martin ermordet.«

»Das ist ein herber Verlust für mich.«

»Hast du schon einmal vor dem Schwurgericht gestanden?«

»Nein, nur vorm Schöffengericht. Mehrmals.«

»Gut, dann will ich dir sagen, die Geschworenen mögen keine Scherze. Schon gar nicht von einem

Mann mit einem langen Strafregister. Höchstwahrscheinlich kommen sie zu dem Schluss, dass du als Einziger die Lebensgewohnheiten von Monsieur Louis kanntest und ein Interesse daran hattest, ihn umzubringen.«

»In diesem Fall wären sie Idioten.«

»Das ist alles, was ich dir zu sagen habe. Es ist jetzt halb eins. Nur wir beide sind hier in meinem Büro. In einer Stunde wird Untersuchungsrichter Coméliau wieder in seinem Zimmer sein. Ich schicke dich dann zum Verhör zu ihm.«

»Ist das nicht so ein kleiner Dunkelhaariger, mit einem Bürstenschnurrbart?«

»Richtig.«

»Wir sind uns früher schon begegnet. Das ist ein ganz Gemeiner. Sagen Sie, sehr jung kann er doch nicht mehr sein?«

»Du kannst ihn ja nach seinem Alter fragen.«

»Und wenn ich keine Lust habe, ihn wiederzusehen?«

»Dann weißt du, was du zu tun hast.«

Jef der Clown seufzte tief.

»Hätten Sie nicht eine Zigarette?«

Maigret zog ein Päckchen aus der Schublade seines Schreibtischs und reichte es ihm.

»Auch ein Streichholz?«

Er rauchte einen Augenblick stumm.

»Was zu trinken haben Sie wohl nicht?«

»Willst du dann reden?«

»Ich weiß es noch nicht. Ich überlege die ganze Zeit, ob ich etwas zu sagen habe.«

Das konnte lange dauern. Maigret kannte diese Typen. Auf gut Glück machte er die Tür zum Nachbarbüro auf und rief:

»Lucas, geh bitte zum Quai de Valmy und bring eine gewisse Françoise Bidou hierher.«

Daraufhin rutschte der Clown unruhig auf seinem Stuhl hin und her, hob den Finger wie ein Schuljunge und sagte:

»Herr Kommissar, tun Sie das nicht!«

»Willst du reden?«

»Ich glaube, es fällt mir leichter mit einem kleinen Schnaps.«

»Warte noch, Lucas. Ich gebe dir gleich Bescheid«, rief Maigret. Und zu Jef:

»Hast du Angst vor deiner Frau?«

»Sie wollten mir etwas zu trinken geben.«

Nachdem er die Tür wieder verschlossen hatte, nahm Maigret aus dem Schrank eine Flasche Cognac, die dort immer griffbereit stand, und goss davon in ein Wasserglas.

»Ich soll ganz allein trinken?«

»Nun, was hast du zu sagen?«

»Stellen Sie Fragen. Ich möchte darauf hinweisen, dass ich nicht versuche, den Lauf der Gerechtigkeit zu stören, wie die Anwälte es nennen.«

»Wo hast du Monsieur Louis kennengelernt?«

»Auf einer Bank am Boulevard Bonne-Nouvelle.«

»Wie habt ihr Bekanntschaft geschlossen?«

»Wie man das eben auf Bänken macht. Ich habe bemerkt, es sei Frühling, und er hat mir geantwortet, die Luft sei milder als in der Woche zuvor.«

»Ist das etwa zweieinhalb Jahre her?«

»So ungefähr. Ich habe das Datum nicht notiert. Wir haben uns in den darauffolgenden Tagen immer wieder auf derselben Bank getroffen. Er schien froh zu sein, dass er mit jemandem sprechen konnte.«

»Hat er dir gesagt, dass er keine Arbeit hatte?«

»Er hat mir nach und nach seine ganze Lebensgeschichte erzählt. Dass er fünfundzwanzig Jahre bei demselben Chef gearbeitet hat, dass dieser ganz plötzlich den Laden dichtgemacht hat und dass er sich nicht traute, seiner Frau davon zu erzählen. Unter uns, seine Frau scheint ein ziemlich gemeines Biest zu sein. Er ließ sie in dem Glauben, dass er immer noch Lagerverwalter war. Ich glaube, er konnte sich zum ersten Mal seinen ganzen Kummer vom Herzen reden. Das hat ihn erleichtert.«

»Wusste er, wer du bist?«

»Ich habe ihm nur gesagt, dass ich im Zirkus gearbeitet habe.«

»Und wie ging es dann weiter?«

»Was wollen Sie genau wissen?«

»Alles.«

»Vielleicht können Sie erst einmal in meiner Akte nachsehen und meine Strafen zusammenzählen. Mir ist wichtig zu wissen, ob ich mich mit einer neuen Sache am Hals auf ›lebenslänglich‹ einstellen muss. Das würde mir nämlich nicht gefallen.«

Maigret erfüllte ihm den Wunsch.

»Wenn es nicht um Mord geht«, sagte er dann, »kommst du noch zweimal drum herum.«

»Genau das hatte ich mir auch ausgerechnet. Ich war nur nicht sicher, ob Ihre und meine Rechnung übereinstimmen.«

»Einbruch?«

»Das trifft es nicht ganz, es ist etwas komplizierter.«

»Wer war der Anstifter?«

»Er natürlich. Ich bin nicht schlau genug für so was. Meinen Sie nicht, ich hätte noch Anspruch auf einen kleinen Schnaps?«

»Nachher.«

»Ach, die Geschichte ist lang. Sie zwingen mich, in großer Eile zu erzählen.«

Der Kommissar ließ sich erweichen und goss ihm noch einen Schluck ein.

»Im Grunde ist die Bank schuld.«

»Was willst du damit sagen?«

»Weil er seine Zeit fast immer auf derselben

Bank verbracht hat, fing er an, die Dinge um sich herum zu beobachten. Kennen Sie das Geschäft für Regenmäntel am Boulevard?«

»Ja, das kenne ich.«

»Die Bank, auf der Louis immer saß, war genau gegenüber. So wusste er, fast ohne es zu wollen, über das Kommen und Gehen dort und die Gewohnheiten der Angestellten Bescheid. Das hat ihn auf eine Idee gebracht. Wenn man den ganzen Tag nichts zu tun hat, denkt man nach und schmiedet Pläne, sogar solche, die man bestimmt niemals umsetzen wird. Eines Tages hat er mir zum Zeitvertreib davon erzählt. Es ist immer viel Kundschaft in dem Laden. Man bekommt da Regenmäntel aller Art für Männer, Frauen, Kinder. Sie hängen überall, in allen Ecken. Auch im ersten Stock. Links neben dem Haus gibt es eine Sackgasse, wie so viele in dem Viertel. Sie führt auf einen Hof.«

Er fragte:

»Soll ich Ihnen eine Skizze machen?«

»Jetzt nicht. Erzähl weiter.«

»Louis hat zu mir gesagt:

›Ich frage mich, ob da noch nie jemand die Kasse geklaut hat. Das muss doch kinderleicht sein.‹«

»Da hast du vermutlich die Ohren gespitzt.«

»Ja, die Sache hat mich interessiert. Er hat berichtet, dass um zwölf Uhr, spätestens um Viertel nach, die letzten Kunden den Laden verließen und die Angestellten zum Essen gingen. Übrigens auch der Chef, ein kleiner alter Mann mit Spitzbart, der in einem Lokal in der Nähe zu essen pflegte, in der Chope du Nègre.

›Was, wenn sich ein Kunde da einschließen lassen würde …?‹

Nein, widersprechen Sie nicht! Mir kam es im ersten Augenblick auch unmöglich vor. Aber Louis hatte das Geschäft schon seit Wochen genau beobachtet. Vor der Mittagspause machen sich die Angestellten nicht die Mühe und suchen in allen Ecken und zwischen den Ständern mit den Tausenden von Regenmänteln nach einem vielleicht übersehenen Kunden. Keiner kommt auf den Gedanken, jemand könnte absichtlich im Laden bleiben, wissen Sie?

Und das ist der Trick. Wenn der Chef geht, schließt er sorgfältig ab.«

»Hast du dich einsperren lassen, das Schloss aufgebrochen und bist mit der Kasse verschwunden?«

»Nein, Sie irren sich. Jetzt wird die Sache lustig. Selbst wenn ich geschnappt worden wäre, man hätte mich nicht verurteilen können. Es hätte keinen Beweis gegeben. Ich habe die Kasse geleert, gut. Dann bin ich zu den Toiletten gegangen. Neben der Wasserspülung gibt es eine Luke. Nicht einmal ein dreijähriges Kind könnte sich da durchzwängen, aber ein Päckchen voller Banknoten ist etwas anderes. Die Luke geht auf den Hof. Ganz zufällig ging Louis dort vorbei und hat das Paket aufgesammelt. Ich habe gewartet, bis die Angestellten zurückkehrten und so viele Kunden im Laden waren, dass niemand auf mich achtete. Und dann bin ich rausspaziert, so ruhig, wie ich hereingekommen war.«

»Habt ihr euch die Beute geteilt?«

»Wie zwei Brüder. Am schwersten war es, ihn überhaupt dazu rumzukriegen. Er hatte sich die ganze Sache nur zum Spaß ausgedacht, sozusagen wie ein Künstler. Als ich ihm vorschlug, dass wir es mal im Ernst probieren, wurde er fast wütend. Schließlich war er doch dazu bereit, und zwar aus Angst. Er hätte seiner Frau sonst eingestehen müssen, dass er vollkommen abgebrannt war. Und sehen Sie, die ganze Sache hat noch einen anderen Vorteil. Man wird mich zwar wegen Diebstahl verknacken, weil ich ihn ja zugebe. Aber es gibt keinen Einbruch und keine Kletterpartie. Deshalb bekomme ich mindestens zwei Jahre weniger dafür aufgebrummt. Oder irre ich mich?«

»Wir werden das im Gesetzbuch nachsehen.«

»Das ist alles, was ich zu sagen habe. Louis und ich haben ein nettes kleines Leben geführt, und ich bereue nichts. Der Regenmantelhändler hat uns über drei Monate ganz hübsch versorgt. Offen gestanden hat’s bei mir nicht ganz so lange gereicht wegen der verdammten Pferde, aber Louis hat mir hin und wieder einen Schein zugesteckt.

Und als das Ende in Sicht war, haben wir uns eine andere Bank gesucht.«

»Um einen neuen Coup vorzubereiten?«

»Da die Methode gut war, gab es keinen Grund, uns etwas anderes auszudenken. Jetzt, wo Sie den Trick kennen, werden Sie in Ihren Akten auf alle Geschäfte stoßen, wo ich mich habe einschließen lassen. Das zweite war ein Laden für Lampen und elektrische Geräte, an demselben Boulevard, nur ein Stück weiter hinauf. Es gibt dort zwar keine Sackgasse, aber der hintere Raum geht auf den Hof eines Hauses in einer anderen Straße. Und das ist im Grunde genau dasselbe. Die Toiletten in der Gegend haben fast immer eine kleine Öffnung, die auf einen Hof oder eine Sackgasse geht.

Nur ein einziges Mal hat mich eine Verkäuferin erwischt. Sie machte eine Schranktür auf, hinter der ich mich versteckt hatte. Ich habe getan, als wäre ich sturzbetrunken. Sie hat den Chef gerufen. Sie haben mich aus dem Laden bugsiert und gedroht, die Polizei zu rufen.

Können Sie mir sagen, warum ich Louis ermordet haben sollte? Wir waren Kumpel. Ich habe ihn sogar Françoise vorgestellt, um sie zu beruhigen. Sie hat sich nämlich gefragt, wo ich meine Zeit verbringe. Er hat ihr Schokolade mitgebracht, und sie fand ihn sehr vornehm.«

»Habt ihr in der vergangenen Woche wieder etwas gedreht?«

»Das stand ja in der Zeitung. Ein Konfektionsgeschäft am Boulevard Montmartre.«

»Als Louis in der Sackgasse ermordet wurde, wollte er vermutlich prüfen, ob das Juweliergeschäft eine Luke zum Hof hin hatte?«

»Wahrscheinlich. Er war es, der immer die Läden ausgekundschaftet hat, weil er besser aussah als ich. Menschen wie mir begegnen die Leute mit Misstrauen. Selbst wenn ich mich in Schale werfe, sieht man mich schief an.«

»Wer hat ihn ermordet?«

»Das fragen Sie *mich*?«

»Wer hatte Gründe, ihn zu ermorden?«

»Weiß ich auch nicht. Vielleicht seine Frau.«

»Warum sollte ihn seine Frau ermordet haben?«

»Weil sie ein Biest ist. Wenn sie gemerkt hat, dass er sie seit mehr als zwei Jahren an der Nase herumgeführt hat und dass er eine Freundin hatte …«

»Kennst du seine Freundin?«

»Er hat sie mir nicht vorgestellt. Aber er hat viel von ihr erzählt, und ich habe sie von Weitem gesehen. Er hat sie sehr geliebt. Er war ein Mann, der Zuneigung brauchte. So sind wir doch alle, nicht wahr? Ich habe meine Françoise, und Sie haben sicher auch jemanden. Die beiden verstanden sich sehr gut. Sie gingen zusammen ins Kino oder saßen in einem kleinen Café.«

»Wusste sie davon?«

»Bestimmt nicht.«

»Wer wusste sonst davon?«

»Zuallererst mal ich.«

»Natürlich.«

»Vielleicht auch seine Tochter. Ihretwegen hat er sich große Sorgen gemacht. Er fürchtete, dass sie später wie ihre Mutter werden würde. Außerdem forderte sie dauernd Geld von ihm.«

»Warst du bei ihm in der Rue d'Angoulême?«

»Nie.«

»Kennst du das Haus?«

»Er hat es mir gezeigt.«

»Warum warst du nie dort?«

»Ich wollte ihn nicht blamieren. Die Wirtin dachte, er ist ein sehr seriöser Mann. Wenn sie mich gesehen hätte ...«

»Und wenn ich dir sagen würde, dass man in seinem Zimmer deine Fingerabdrücke gefunden hat?«

»Dann würde ich antworten: Fingerabdrücke sind Quatsch mit Soße.«

Ihm war keinerlei Unruhe anzumerken. Er spielte weiter seine Rolle, blickte nur manchmal blinzelnd zur Flasche.

»Wer wusste noch davon?«

»Hören Sie, Herr Kommissar, ich bin, wie ich bin, aber ich habe in meinem ganzen Leben noch keinen verpfiffen.«

»Willst du lieber selbst auf der Anklagebank sitzen?«

»Das wäre eine große Ungerechtigkeit.«

»Wer wusste noch davon?«

»Der Liebhaber von Monique. Ich würde meine Hand nicht dafür ins Feuer legen, dass er unschuldig ist. Ich weiß nicht, ob er es im Auftrag seiner Freundin getan hat, jedenfalls ist er Louis ganze Nachmittage lang gefolgt. Zweimal war er bei ihm, um Geld zu fordern. Louis hatte eine wahnsinnige Angst, der Kerl könnte seiner Frau was sagen oder ihr einen anonymen Brief schicken.«

»Kennst du ihn?«

»Nein. Ich weiß nur, dass er noch ganz jung ist und vormittags in einer Buchhandlung arbeitet. In der letzten Zeit war Louis immer auf eine Katastrophe gefasst. Er sagte, es könnte nicht mehr lange gut gehen. Seine Frau würde die Wahrheit erfahren.«

»Hat er seine Schwäger erwähnt?«

»Oft. Sie wurden ihm immer als Vorbilder hingestellt. Er selbst wurde behandelt, als wäre er ein Nichtsnutz, ein Versager, ein Angsthase, kaum was wert. Einer, der besser keine Familie gegründet hätte, weil er ihr nur Armseligkeit bieten konnte. Es hat mich schwer getroffen.«

»Was?«

»Die Zeitungsmeldung von seiner Ermordung. Vor allem, weil ich zu der Zeit ganz in der Nähe war. Fernand kann Ihnen bestätigen, dass ich gerade bei ihm an der Theke ein Gläschen trank.«

»Hatte Louis Geld bei sich?«

»Das weiß ich nicht. Aber wir hatten zwei Tage vorher ein hübsches Sümmchen einkassiert.«

»Trug er das Geld normalerweise bei sich in der Brieftasche?«

»In der Brieftasche oder in seinem Zimmer. Das Ulkige ist, dass er jeden Abend, bevor er nach Hause fuhr, seine Schuhe und Krawatte wechseln musste. Einmal hatte er die Krawatte vergessen. Er hat es mir selbst erzählt. Erst an der Gare de Lyon hat er es gemerkt. Er konnte sich aber nicht irgendeine als Ersatz kaufen. Es musste genau die sein, mit der er morgens das Haus verlassen hatte. Also ist er wieder zurück in die Rue d'Angoulême und hat später zu Hause gesagt, etwas Dringendes hätte ihn im Geschäft aufgehalten.«

»Warum hast du dich seit Dienstag in Françoises Zimmer versteckt?«

»Was hätten Sie an meiner Stelle getan? Ich habe es am Dienstagmorgen in der Zeitung gelesen. Ich dachte, die Menschen, die mich mit Louis gesehen haben, würden sofort die Polizei benachrichtigen. Leute wie ich werden immer gleich verdächtigt.«

»Bist du nicht auf die Idee gekommen, Paris zu verlassen?«

»Ich habe mich lieber ganz ruhig verhalten. Ich hatte die Hoffnung, dass niemand an mich denkt. Als ich heute Morgen die Stimme Ihres Inspektors hörte, wusste ich, dass ich dran war.«

»Weiß Françoise Bescheid?«

»Nein.«

»Woher, glaubt sie, kommt das Geld?«

»Erstens sieht sie immer nur einen kleinen Teil davon, wenn mir nach den Rennen überhaupt was bleibt. Und zweitens glaubt sie, dass ich immer noch in der Metro Brieftaschen klaue.«

»Hast du das mal getan?«

»Muss ich das beantworten? Haben Sie eigentlich keinen Durst?«

Maigret goss ihm einen letzten Schluck Cognac ein.

»Ist das alles, was du mir sagen willst? Bist du dir sicher?«

»So sicher, wie ich hier vor Ihnen sitze.«

Maigret öffnete die Tür zum Nebenraum und sagte zu Lucas:

»Führ ihn in die Zelle!«

Und mit einem Blick auf Jef Schrameck, der seufzend aufstand, setzte er hinzu:

»Leg ihm vorsichtshalber die Handschellen an.«

Als sich der Akrobat daraufhin umdrehte, mit

einem seltsamen Lächeln auf seinem Gummigesicht, fügte Maigret hinzu:

»Aber seid nicht so grob mit ihm.«

»Danke schön, Herr Kommissar. Vor allem, bitte sagen Sie Françoise nichts davon, dass ich so viel Geld verwettet habe. Sie ist imstande, mir keine Süßigkeiten ins Gefängnis zu schicken.«

Maigret zog seinen Mantel an und nahm den Hut. Er wollte in der Brasserie Dauphine eine Kleinigkeit essen. Als er die große düstere Treppe hinunterstieg, hörte er unten laute Stimmen. Er beugte sich über das Geländer. Ein junger Mann mit zerzaustem Haar versuchte, sich aus dem Griff eines hünenhaften Polizisten zu befreien, der auf der Wange eine blutende Kratzwunde hatte und brüllte:

»Willst du wohl stillhalten, verdammt noch mal, sonst knall ich dir eine!«

Der Kommissar konnte nur mit Mühe ein Lachen unterdrücken. Es war Albert Jorisse, den man zu ihm führen wollte. Er sträubte sich weiter heftig und schrie:

»Lassen Sie mich los. Ich gehe ja schon mit …«

Kurz darauf standen die beiden vor Maigret.

»Ich habe ihn eben auf dem Pont Saint-Michel festgenommen«, sagte der Polizist. »Ich habe ihn sofort erkannt. Aber als er merkte, dass ich ihn verhaften wollte, versuchte er zu fliehen.«

»Das ist nicht wahr! Er lügt!«

Der junge Mann keuchte. Sein Gesicht war dunkelrot, die Augen glänzten wie im Fieber. Der Polizist hielt ihn am Mantelkragen in die Höhe, als wollte er eine Marionette tanzen lassen.

»Sagen Sie ihm, er soll mich loslassen!«

Er trat nach dem Polizisten, aber der Tritt ging ins Leere.

»Ich habe doch gesagt, ich will Kommissar Maigret sprechen. Ich bin freiwillig mitgekommen …«

Seine Kleidung war zerknittert, an seiner Hose sah man noch Schmutzspritzer vom Tag vorher. Er hatte große dunkle Ringe unter den Augen.

»Ich bin Kommissar Maigret.«

»Dann befehlen Sie ihm, mich loszulassen.«

»Nun lass ihn los, mein Guter!«

»Wie Sie wollen, aber …«

Der Polizist war schon darauf gefasst, dass der junge Mann ihm wie ein Aal entschlüpfen würde.

»Er hat mich sehr schlecht behandelt …«, keuchte Albert Jorisse, »wie einen … einen …«

Vor Aufregung fand er das richtige Wort nicht.

Unwillkürlich musste der Kommissar lächeln und zeigte auf die blutige Wange des Polizisten.

»Mir scheint im Gegenteil, dass er …«

Jorisse blickte den Polizisten an, bemerkte zum ersten Mal die Kratzwunde und schrie dann mit funkelnden Augen:

»Geschieht ihm recht!«

8

Moniques Geheimnis

Setz dich, du kleiner Gauner.«

»Ich bin kein Gauner«, protestierte Jorisse.

Und obwohl er immer noch außer Atem war und ein wenig keuchte, setzte er in ruhigerem Ton hinzu:

»Ich hätte nicht gedacht, dass Kommissar Maigret die Leute beleidigt, bevor er ihnen Gelegenheit gibt, sich zu erklären.«

Maigret sah ihn überrascht an und runzelte die Brauen.

»Hast du schon zu Mittag gegessen?«

»Ich habe keinen Hunger«, sagte Jorisse wie ein trotziger Junge.

Maigret nahm den Hörer ab.

»Hallo«, rief er in den Apparat, »geben Sie mir die Brasserie Dauphine … Hallo … Joseph? … Hier ist Maigret. Bring mir doch bitte einige Sandwiches. Sechs … für mich mit Schinken … einen Augenblick mal …«

»Schinken oder Käse?«, fragte er Jorisse.

»Das ist mir egal. Schinken.«

»Bier oder Rotwein?«

»Meinetwegen Wasser. Ich habe Durst.«

»Joseph … bist du noch da? Also sechsmal Schinken, aber schön dick belegt, und vier kleine Bier … Halt … bring auch noch zwei Tassen schwarzen Kaffee mit, wo du schon mal da bist … Geht das schnell?«

Er hängte nur für einen Augenblick ein und verlangte dann eine andere Abteilung im Haus. Dabei ließ er den jungen Mann nicht aus den Augen und betrachtete ihn interessiert. Jorisse war auffallend mager, sah schlecht aus und wirkte fast krankhaft nervös, als ernährte er sich eher von schwarzem Kaffee als von Beefsteaks. Im Übrigen war er kein hässlicher Junge, hatte lange braune Haare, die er manchmal mit einer heftigen Kopfbewegung in den Nacken warf.

Vielleicht weil er noch immer aufgebracht war, zog er alle Augenblicke die Nase kraus. Er hielt den Kopf gesenkt und musterte den Kommissar vorwurfsvoll.

»Hallo. Nach dem Mann namens Jorisse braucht nicht mehr gefahndet zu werden. Die Polizeistationen und Bahnhöfe sollen benachrichtigt werden.«

Der junge Mann öffnete den Mund, aber Maigret ließ ihn nicht zu Wort kommen.

»Gerade eben!«

Der Himmel war grau und trübe. Es würde gleich zu regnen beginnen, und zwar bestimmt wieder so heftig wie am Begräbnistag. Maigret schloss das halb offene Fenster und legte dann, immer noch stumm, seine Pfeifen auf dem Schreibtisch zurecht, so wie sich eine Sekretärin alles zurechtlegt, was sie für die Arbeit braucht, ihre Maschine, den Schreibblock, das Kohlepapier.

»Herein«, rief er, als es an der Tür klopfte.

Es war Inspektor Neveu, der aber nur den Kopf hereinsteckte, weil er den Chef mitten im Verhör glaubte.

»Verzeihung, ich wollte nur wissen, ob …«

»Ich brauche dich nicht mehr, danke.«

Nachdem sich die Tür wieder geschlossen hatte, begann der Kommissar in Erwartung des Kellners von der Brasserie Dauphine im Zimmer auf und ab zu gehen. Um sich die Zeit etwas zu verkürzen, telefonierte er noch einmal, diesmal mit seiner Frau.

»Ich komme nicht zum Essen.«

»Ich habe es schon geahnt. Weißt du, wie spät es ist?«

»Nein. Das tut auch nichts zur Sache.«

Sie lachte laut auf, und er wusste nicht, warum.

»Ich bin gekommen, um Ihnen zu sagen …«

»Gleich.«

Es war das dritte Verhör an diesem Tag. Er hatte

Durst. Sein Blick folgte dem des jungen Mannes und blieb an der Cognacflasche und dem Wasserglas hängen, die noch auf dem Schreibtisch standen.

Maigret wurde rot wie ein ertappter Schuljunge und war nahe daran, Jorisse zu erklären, dass nicht er aus dem großen Wasserglas Cognac getrunken hatte, sondern Jef Schrameck, der vor ihm hier gewesen war.

Traf ihn der Vorwurf des jungen Mannes doch an einer empfindlichen Stelle? Bedauerte er, dass er dessen gute Meinung vom Kommissar Maigret getrübt hatte?

Es klopfte wieder.

»Komm herein, Joseph. Du kannst die Platte hier auf den Schreibtisch stellen. Hast du an alles gedacht?«

Und als die beiden schließlich allein waren:

»Dann wollen wir mal.«

Obwohl er behauptet hatte, er habe keinen Hunger, aß der junge Mann mit gesundem Appetit. Immer wieder warf er verstohlen prüfende Blicke auf den Kommissar, und nach einem Glas Bier hatte er sein inneres Gleichgewicht einigermaßen wiedergefunden.

»Nun, geht's wieder besser?«

»Danke. Aber dass Sie mich einen Gauner genannt haben …«

»Darüber sprechen wir gleich.«

»Es ist wirklich wahr, dass ich zu Ihnen kommen wollte.«

»Warum?«

»Weil ich es satthatte, mich zu verstecken.«

»Warum hast du dich versteckt?«

»Weil ich nicht verhaftet werden wollte.«

»Und warum sollte man dich verhaften wollen?«

»Das wissen Sie ganz genau.«

»Nein.«

»Weil ich Moniques Freund bin.«

»Warst du sicher, dass wir das herausgefunden haben?«

»Das war doch leicht.«

»Und weil du Moniques Freund bist, sollten wir dich verhaften?«

»Sie wollen mich nur zum Reden bringen.«

»Allerdings.«

»Sie glauben, dass ich Sie belüge, und versuchen mich in Widersprüche zu verwickeln.«

»Das hast du wohl in Kriminalromanen gelesen?«

»Nein, das habe ich aus den Gerichtsberichten in den Zeitungen. Ich weiß, wie Sie vorgehen.«

»Wenn das so ist, was willst du dann hier?«

»Ihnen sagen, dass ich Monsieur Thouret nicht getötet habe.«

Maigret hatte sich seine Pfeife angezündet und trank bedächtig sein zweites Glas Bier. Er hatte sich an seinen Schreibtisch gesetzt und die Lampe mit dem grünen Schirm angeknipst. Die ersten Regentropfen prasselten gegen die Scheiben.

»Bist du dir darüber im Klaren, was das bedeutet?«

»Ich verstehe nicht, was Sie meinen.«

»Du hast angenommen, wir hätten die Absicht, dich zu verhaften. Also mussten wir Gründe dafür haben.«

»Sie waren doch in der Rue d'Angoulême!«

»Woher weißt du das?«

»Sie mussten unweigerlich darauf kommen, dass er ein Zimmer in der Stadt hatte. Schon allein wegen der gelben Schuhe.«

Ein amüsiertes Lächeln huschte über Maigrets Gesicht.

»Nun, und?«

»Die Frau hat Ihnen bestimmt verraten, dass ich bei ihm war.«

»Ist das ein Grund, dich zu verhaften?«

»Sie haben Monique verhört.«

»Und du glaubst, dass sie alles gesagt hat?«

»Es würde mich wundern, wenn Sie Monique nicht zum Reden gebracht hätten.«

»Und warum hast du dich dann unter dem Bett deines Freundes versteckt?«

»Auch das wissen Sie?«

»Antworte.«

»Ich habe nicht nachgedacht. Ich geriet in Panik.

Ich hatte Angst, man würde mich schlagen, damit ich etwas gestehe, was ich gar nicht getan habe.«

»Hast du das auch aus den Zeitungen?«

Hatte René Lecœurs Anwalt vor dem Schwurgericht nicht von der Brutalität der Polizei gesprochen? Und hatten nicht alle Zeitungen seine Worte getreulich wiedergegeben? In der Post am Morgen war übrigens ein Brief von Lecœur gewesen. Man hatte ihn zum Tode verurteilt, er war sehr niedergeschlagen und flehte den Kommissar an, ihn im Gefängnis zu besuchen.

Maigret war nahe daran, dem jungen Mann den Brief zu zeigen. Er würde es später tun, sollte es notwendig sein.

»Warum bist du aus deinem Versteck in der Rue Gay-Lussac herausgekommen?«

»Ich hielt es nicht mehr aus, den ganzen Tag dort unter dem Bett zu liegen. Es war furchtbar. Mir tat alles weh, und ich hatte dauernd Angst, dass ich niesen muss. Die Wohnung ist klein. Alle Türen standen offen, und ich hörte die Tante meines Freundes hin und her gehen. Bei der geringsten Bewegung hätte sie mich auch gehört.«

»Und sonst?«

»Ich hatte Hunger.«

»Was hast du gemacht?«

»Ich bin durch die Straßen geirrt. Nachts habe ich ein oder zwei Stunden auf einem Gemüsesack in den Markthallen geschlafen. Zweimal bin ich bis zum Pont Saint-Michel gegangen. Ich habe Monique hier herauskommen sehen. Dann bin ich in die Rue d'Angoulême gegangen. Ich habe von Weitem einen Mann bemerkt, der aussah, als würde er Wache stehen. Ich dachte mir, dass es jemand von der Polizei war.«

»Warum solltest du Monsieur Louis ermordet haben?«

»Wissen Sie nicht, dass ich Geld von ihm geliehen habe?«

»Geliehen?«

»Ich habe ihn darum gebeten, wenn Ihnen das lieber ist.«

»Gebeten?«

»Was wollen Sie damit sagen?«

»Es gibt verschiedene Arten des Bittens. Auch solche, die es dem Gebetenen verbieten, die Bitte abzuschlagen. Man nennt es Erpressung.«

Albert Jorisse schwieg und starrte auf den Fußboden.

»Antworte.«

»Ich hätte Madame Thouret trotzdem nichts gesagt.«

»Aber du hast ihm damit gedroht?«

»Das war nicht notwendig.«

»Weil er davon ausging, dass du nicht stillhalten würdest?«

»Ich weiß nicht. Ich finde mich mit Ihren Fragen nicht zurecht.« Und mit matter Stimme setzte er hinzu: »Ich bin todmüde.«

»Trink deinen Kaffee.«

Gehorsam trank er, ohne Maigret aus den Augen zu lassen.

»Bist du mehrmals bei ihm gewesen?«

»Nur zwei Mal.«

»Wusste Monique davon?«

»Was hat Sie Ihnen gesagt?«

»Es kommt nicht darauf an, was sie gesagt hat. Ich will die Wahrheit wissen.«

»Sie wusste es.«

»Was hast du ihm erzählt?«

»Wem?«

»Louis Thouret natürlich.«

»Dass wir Geld brauchen.«

»Wer, wir?«

»Monique und ich.«

»Wofür?«

»Um nach Südamerika zu gehen.«

»Hast du zugegeben, dass ihr fortwolltet?«

»Ja.«

»Wie hat er das aufgenommen?«

»Er hat zugegeben, dass es wohl das Beste wäre.«

Die Sache ging nur schleppend voran. Maigret spürte, dass der junge Mann seinen Kenntnisstand überschätzte. Er musste behutsam vorgehen.

»Hast du ihm gesagt, dass du sie heiraten willst?«

»Ja. Er wusste natürlich, dass das unmöglich war. Erstens bin ich noch nicht volljährig und brauche die Einwilligung meiner Eltern, und außerdem hätte sich Madame Thouret niemals mit einem Schwiegersohn ohne Stellung abgefunden. Selbst wenn meine Eltern es erlaubt hätten. Monsieur Thouret hat mir selbst geraten, nicht zu seiner Frau zu gehen.«

»Hast du ihm gestanden, dass ihr, du und Monique, in wer weiß wie vielen Hotels miteinander geschlafen habt?«

»Ich habe keine Einzelheiten erzählt.«

Er war erneut rot geworden.

»Ich habe ihm nur gesagt, dass sie schwanger ist.«

Maigret zuckte nicht mit der Wimper, zeigte keine Überraschung. Dabei traf es ihn wie der Blitz. Es offenbarte vermutlich einen Mangel an Psychologie, aber daran hatte er keine Sekunde gedacht.

»Seit wann?«

»Etwas mehr als zwei Monate.«

»Wart ihr bei einem Arzt?«

»Ich bin nicht mitgegangen.«

»Aber sie war dort?«

»Ja.«

»Hast du vor der Tür auf sie gewartet?«

»Nein.«

Maigret lehnte sich in seinem Sessel zurück und stopfte mechanisch eine neue Pfeife.

»Was hättest du in Südamerika gemacht?«

»Irgendwas. Ich habe keine Angst. Sogar als Cowboy hätte ich gearbeitet.«

Er sagte das mit todernster Miene, einem Anflug von Stolz, und der Kommissar hatte plötzlich die eins neunzig großen verwegenen Kerle vor Augen, die ihm auf den Ranches in Texas und Arizona begegnet waren.

»Cowboy!«, wiederholte er.

»Oder in einer Goldmine.«

»Natürlich.«

»Ich wäre schon durchgekommen.«

»Und du hättest Monique geheiratet?«

»Ja. Da drüben ist es bestimmt leichter als hier.«

»Liebst du Monique?«

»Sie ist meine Frau, nicht wahr? Dass wir noch nicht beim Standesamt waren, ändert daran nichts.«

»Wie hat Monsieur Louis auf die ganze Geschichte reagiert?«

»Er konnte nicht glauben, dass seine Tochter das tun würde. Er hat geweint.«

»Vor dir?«

»Ja, ich habe ihm geschworen, dass meine Absichten …«

»… die besten wären, selbstverständlich. Und dann?«

»Er hat versprochen, uns zu helfen. Da er gerade

knapp bei Kasse war, konnte er mir erst mal nur wenig geben.«

»Wo ist das Geld?«

»Monique verwahrt es bei sich im Büro.«

»Und der Rest der benötigten Summe?«

»Den wollte er mir am Dienstag geben. Er erwartete eine größere Zahlung.«

»Von wem?«

»Das weiß ich nicht.«

»Hat er dir gesagt, was er tat?«

»Das konnte er natürlich nicht.«

»Warum nicht?«

»Weil er nicht arbeitete. Ich habe nicht herausbekommen, wie er sich das Geld verschaffte. Sie waren zu zweit.«

»Hast du den anderen gesehen?«

»Ja, einmal auf dem Boulevard.«

»Ein großer Dürrer, mit einem Clownsgesicht?«

»Ja.«

»Er war kurz vor dir hier in meinem Büro. Er war es übrigens, dem ich ein Glas Cognac angeboten habe.«

»Dann wissen Sie ja alles.«

»Ich möchte aber gerade wissen, was *du* weißt.«

»Nichts. Ich habe vermutet, dass die beiden jemanden erpressten.«

»Und hast dir gedacht, du könntest davon auch profitieren?«

»Wir brauchten Geld wegen des Kindes.«

Maigret griff zum Hörer:

»Lucas? Komm doch bitte einen Augenblick herüber.«

Als Lucas gleich darauf im Büro erschien, sagte Maigret:

»Ich möchte dir Albert Jorisse vorstellen. Monique Thouret und er erwarten ein Kind.«

Er sagte das todernst, und Lucas, der nicht wusste, was er davon halten sollte, neigte höflich den Kopf.

»Das junge Mädchen ist vielleicht jetzt im Büro, den ganzen Vormittag war sie ja nicht dort. Geh zu ihr und begleite sie zu einem Arzt ihrer Wahl. Es sei denn, sie möchte lieber zum Polizeiarzt. Ich muss wissen, seit wann sie schwanger ist.«

»Und wenn sie eine Untersuchung verweigert?«

»Dann sag ihr, in diesem Fall wäre ich gezwungen, sie zu verhaften, so wie ihren Freund, der sich in meinem Büro befindet. Nimm den Wagen und gib mir ihre Antwort telefonisch durch.«

Als sie wieder allein waren, fragte Jorisse:

»Warum tun Sie das?«

»Weil es meine Pflicht ist, alles zu überprüfen.«

»Sie glauben mir nicht?«

»Dir schon.«

»Aber ihr glauben Sie nicht?«

Das Telefon klingelte gerade rechtzeitig, sodass

Maigret um die Antwort herumkam. Der Anruf hatte nichts mit dem Fall zu tun. Man erkundigte sich nach einem Verrückten, der wenige Tage zuvor bei ihm erschienen war. Er war auf der Straße festgenommen worden, weil er Menschenaufläufe provozierte. Statt nur kurz zu antworten, zog Maigret das Gespräch möglichst in die Länge.

Nachdem er eingehängt hatte, fragte er, als hätte er vergessen, worüber sie zuletzt gesprochen hatten:

»Was wirst du also jetzt tun?«

»Sie glauben mir, dass ich ihn nicht umgebracht habe?«

»Von Anfang an glaubte ich das. Siehst du, es ist nicht so leicht, wie sich die Leute das vorstellen, jemandem ein Messer in den Rücken zu stoßen. Und noch viel schwerer ist es, jemanden so umzubringen, dass er nicht mal die Zeit hat zu schreien.«

»Bin ich dazu nicht fähig?«

»Bestimmt nicht.«

Albert Jorisse war darüber fast verärgert. Er hatte ernsthaft davon geträumt, Cowboy oder Goldsucher in Südamerika zu werden.

»Wirst du Madame Thouret aufsuchen?«

»Das werde ich wohl müssen.«

Maigret konnte kaum ein Lachen unterdrücken bei der Vorstellung, wie der Junge vor Angst schlotternd das Haus in Juvisy betrat, um sich bei Moniques Mutter anzupreisen.

»Glaubst du, sie akzeptiert dich jetzt als Schwiegersohn?«

»Ich weiß es nicht.«

»Gib zu, dass du ein wenig geschwindelt hast.«

»Was meinen Sie damit?«

»Dass du Monsieur Louis nicht nur für die Reise nach Amerika um Geld gebeten hast. Monique arbeitet nachmittags nicht im Büro, sondern läuft herum, um Gelder zu kassieren. Du warst gern mit ihr zusammen. So hattet ihr immer die eine oder andere Stunde für euch und konntet in irgendein Hotelzimmer gehen.«

»Ja, das kam vor.«

»Und deshalb hast du nur noch vormittags in der Buchhandlung gearbeitet. Aber diese Zimmer kosten Geld.«

»Wir haben nur einen kleinen Teil dafür ausgegeben ...«

»Weißt du, wo Monsieur Louis sein Geld aufbewahrte?«

Er beobachtete den jungen Mann aufmerksam. Der antwortete jedoch, ohne zu zögern:

»Oben auf dem Spiegelschrank.«

»Und von dort hat er die Geldscheine für dich genommen?«

»Ja. Das wusste ich aber schon, von Monique.«

»Am Montag warst du wohl nicht in der Rue d'Angoulême?«

»Das können Sie leicht nachprüfen. Die Wirtin wird es bestätigen. Ich sollte am Dienstag um fünf dort hinkommen.«

»Wann hättet ihr euch eingeschifft?«

»In drei Wochen geht ein Schiff. So hatten wir noch Zeit, uns ein Visum zu besorgen. Meinen Pass habe ich schon beantragt.«

»Ich dachte, Minderjährige brauchen dazu eine Einverständniserklärung der Eltern?«

»Ich habe die Unterschrift meines Vaters nachgemacht.«

Sie schwiegen eine Weile. Dann fragte Jorisse zum ersten Mal:

»Darf ich rauchen?«

Maigret nickte. Nach dem Kaffee hätte er jetzt gern einen Cognac getrunken. Aber seltsamerweise wagte er nicht, die Flasche wieder aus dem Schrank zu holen, wo er sie eingeschlossen hatte.

»Sie haben mich einen Gauner genannt.«

»Und was meinst du selbst?«

»Ich konnte nicht anders handeln.«

»Möchtest du, dass dein Sohn sich so verhalten würde?«

»Meinen Sohn werde ich anders erziehen. Er braucht nicht …«

Erneut wurden sie durch das Telefon unterbrochen.

»Sind Sie's, Chef?«

Maigrets Gesicht verdüsterte sich, als er Neveus Stimme erkannte. Er hatte ihn nicht mit einer Aufgabe betraut.

»Ich habe das versteckte Geld entdeckt!«

»Was sagst du da?«

Er blickte Jorisse an und unterbrach den Inspektor:

»Moment, ich gehe an einen anderen Apparat.«

Er ging in das Nachbarbüro, schickte aber vorsichtshalber einen Inspektor in sein eigenes, damit er auf den jungen Mann aufpasste.

»So, ich höre. Wo bist du?«

»Quai de Valmy, in einem Bistro.«

»Was machst du da?«

»Sind Sie verärgert?«

»Nun red schon.«

»Ich dachte, ich tu das Richtige. Jef lebt seit zehn Jahren mit seiner Françoise zusammen. Offenbar hängt er mehr an ihr, als er zugeben will. Da dachte ich, ich schau mal bei ihr vorbei.«

»Warum?«

»Es kam mir komisch vor, dass er ihr kein Geld dalässt. Zum Glück habe ich sie zu Hause angetroffen. Die Wohnung hat nur zwei Zimmer, dazu noch eine Art Kochnische. Im Schlafzimmer steht ein eisernes Bett mit Messingkugeln. Die Wände sind weiß gekalkt, wie auf dem Land, und es ist alles sehr sauber.«

Maigret hörte missmutig zu. Er mochte solchen Übereifer nicht, vor allem nicht bei einem, der wie Neveu gar nicht zu seiner Abteilung gehörte.

»Hast du ihr gesagt, dass Jef verhaftet worden ist?«

»War das ein Fehler?«

»Erzähl weiter.«

»Mir war von Anfang an klar, dass sie nicht wusste, was er trieb. Sie hat sofort darauf getippt, dass er in der Metro oder im Bus eine Brieftasche geklaut hat und dabei erwischt wurde. Das hat er wohl wirklich manchmal gemacht.«

Schon als er noch auf dem Jahrmarkt arbeitete, hatte Schrameck wiederholt dieses Kunststück vollbracht, und eine seiner Verurteilungen war wegen Taschendiebstahls erfolgt.

»Sie hat zwar protestiert, aber ich habe die Wohnung durchsucht. Zum Schluss hatte ich die Idee, die Messingkugeln an dem Bett abzuschrauben. Die Eisenstäbe sind hohl. In zwei von ihnen habe ich zusammengerollte Banknoten gefunden. Ein hübsches Sümmchen! Françoise traute ihren Augen nicht.

›Da hat der so viel Geld, und ich muss putzen gehen! Er kann's doch nicht in den Himmel mitnehmen! Na, der wird was erleben!‹

Sie wollte sich gar nicht beruhigen, hat geflucht und geschimpft. Sie hat sich erst ein bisschen abgeregt, als ich sagte, dass er das Geld bestimmt beiseitegelegt hat, für den Fall, dass ihm etwas zustößt.

›Erstaunlich, dass er nicht auch das noch verwettet hat!‹, hat sie gebrummt.

Verstehen Sie jetzt, Chef? Letzten Samstag müssen die beiden ein dickes Bündel unter sich aufgeteilt haben. Mehr als zweihunderttausend Franc hab ich gefunden. Eine so große Summe konnte Jef nicht auf einmal setzen, schon gar nicht bei Fernand. Also hat er auch nur einen Teil davon verloren. Wenn sie halbe-halbe gemacht haben, dann hatte Monsieur Louis auch einen ganz ansehnlichen Betrag.«

»Ich danke dir.«

»Was soll ich mit den Banknoten machen?«

»Hast du sie etwa mitgenommen?«

»Für alle Fälle. Ich konnte sie doch nicht dortlassen.«

»Geh zu deinem Kommissar und sag ihm, er soll die Sache nach den üblichen Regeln behandeln.«

»Muss ich …«

»Verflucht noch mal, ich will nicht, dass die Anwälte behaupten, wir hätten uns das Geld unter den Nagel gerissen.«

»War das dumm von mir?«

»Kann man wohl sagen.«

»Ich bitte um Entschuldigung. Ich wollte …«

Maigret hängte ein. Torrence saß im Büro.

»Hast du Arbeit?«

»Nichts Dringendes.«

»Dann geh zu Kommissar Antoine und bitte ihn, von seinen Leuten eine Liste aller Diebstähle zusammenstellen zu lassen, die während der letzten zweieinhalb Jahre in den Geschäften an den Boulevards begangen wurden, insbesondere der Diebstähle während der Mittagspause, wenn die Läden geschlossen hatten.«

Das war nicht seine Sache, sondern die der Abteilung von Antoine. Die Büros lagen am anderen Ende des Flurs.

Maigret kehrte zu Albert Jorisse zurück und schickte den Inspektor, der Albert inzwischen bewacht hatte, wieder fort. Jorisse hatte sich eine neue Zigarette angezündet.

»Ich wäre auch so nicht fortgelaufen.«

»Mag sein. Vielleicht hättest du aber gern einen Blick in die Akten auf meinem Schreibtisch geworfen? Gib's zu. Hättest du das getan?«

»Vielleicht.«

»Eben darin liegt der Unterschied.«

»Welcher Unterschied?«

»Nichts. Ich weiß Bescheid.«

»Was werden Sie mit mir machen?«

»Im Augenblick warten wir noch.«

Maigret sah auf seine Uhr. Er rechnete aus, dass Lucas und Monique jetzt bereits beim Arzt im

Wartezimmer sitzen mussten und dort vermutlich in den Zeitschriften blätterten.

»Sie verachten mich, nicht wahr?«

Der Kommissar zuckte mit den Schultern.

»Ich habe nie eine Chance gehabt.«

»Was für eine Chance?«

»Da herauszukommen.«

»Wo herauszukommen?«

Es klang fast aggressiv.

»Ich sehe schon, Sie verstehen mich nicht. Wenn Sie Ihre ganze Kindheit immer nur von Geld hätten reden hören, wenn Sie eine Mutter gehabt hätten, die jedes Mal vor dem Monatsende zittert …«

»Ich hatte keine Mutter.«

Der junge Mann verstummte, und fast zehn Minuten lang schwiegen beide. Eine ganze Weile blieb Maigret am Fenster stehen, mit dem Rücken zum Raum, und sah den Regentropfen zu, die in ulkigen Mustern an den Scheiben herunterliefen. Dann ging er im Zimmer auf und ab und öffnete schließlich fast zu entschlossen die Schranktür. Er hatte das Glas zwar vorhin bereits im Waschbecken abgespült, aber er tauchte es trotzdem noch einmal in Wasser, bevor er sich einen Cognac einschenkte.

»Du willst wohl keinen?«

»Nein danke.«

Albert Jorisse gab sich große Mühe, nicht einzuschlafen. Seine Wangen glühten, die Augen fielen ihm fast zu. Immer wieder nickte er auf seinem Stuhl kurz ein.

»Vielleicht wirst du trotzdem einmal ein Mann.«

Im Flur waren Schritte zu hören, die Schritte eines Mannes und einer Frau. Maigret wusste sofort, dass es Lucas und Monique waren. Jetzt musste er eine Entscheidung treffen. Seit einer Viertelstunde dachte er darüber nach. Sollte er das junge Mädchen hier oder im Büro nebenan empfangen? Er zuckte mit den Schultern und öffnete die Tür.

Sie standen beide draußen, ziemlich durchnässt. Monique hatte all ihre Selbstsicherheit verloren, und als sie Albert sah, erstarrte sie, umklammerte mit beiden Händen ihre Handtasche und warf dem Kommissar einen zornigen Blick zu.

»Hast du sie zum Arzt gebracht?«

»Erst wollte sie nicht. Ich …«

»Das Ergebnis?«

Jorisse, der aufgestanden war, sah Monique an, als wollte er vor ihr auf die Knie fallen und sie um Verzeihung bitten.

»Nichts.«

»Sie ist nicht schwanger?«

»Sie war es nie.«

Jorisse traute seinen Ohren nicht. Er wusste nicht, gegen wen er sich wenden sollte. Am liebsten wäre er Maigret an die Kehle gesprungen, den er offenbar für den grausamsten Menschen der Welt hielt.

Der Kommissar hatte die Tür inzwischen wieder abgeschlossen und deutete auf einen Stuhl, auf dem Monique Platz nehmen sollte.

»Haben Sie etwas zu sagen?«

»Ich dachte, dass …«

»Nein.«

»Sie haben doch keine Ahnung davon! Sie sind keine Frau.«

Und zu dem jungen Mann gewandt sagte sie:

»Ich schwöre dir, Albert, ich habe wirklich gedacht, dass ich ein Kind erwarte.«

In ruhigem, nüchternem Ton fragte Maigret:

»Wie lange?«

»Einige Tage.«

»Und dann?«

»Dann wollte ich ihn nicht enttäuschen.«

»Ihn enttäuschen?«

Maigret zwinkerte Lucas zu. Sie gingen zusammen in den Nebenraum, schlossen die Tür und ließen das Paar allein.

»Als ich ihr gesagt habe, dass sie einen Arzt aufsuchen muss, hab ich gleich gemerkt, dass alles nur ausgedacht war. Sie wollte partout nicht. Erst als ich drohte, sie und Albert zu verhaften …«

Maigret hörte gar nicht hin. Das wusste er alles längst. Torrence war inzwischen zurückgekehrt.

»Hast du meinen Auftrag erledigt?«

»Sie arbeiten bereits an der Liste. Sie wird ellenlang. Seit mehr als zwei Jahren hat die Abteilung von Kommissar Antoine schon mit diesen Diebstählen zu tun. Es scheint, dass …«

Maigret ging zur Verbindungstür und lauschte.

»Was machen sie?«, fragte Lucas.

»Nichts.«

»Reden sie nicht?«

»Sie schweigen.«

Maigret begab sich zum Chef, um ihn auf den Stand der Ermittlungen zu bringen. Sie unterhielten sich dann noch über dies und das. Eine knappe Stunde lang ging Maigret von einem Büro zum anderen und sprach mit seinen Kollegen.

Als er in sein Büro zurückkam, saßen Albert und Monique noch genauso da, wie er sie verlassen hatte. Beide auf ihren Stühlen, drei Meter voneinander entfernt. Das Gesicht der jungen Frau war verschlossen, die Kiefer hart aufeinandergepresst wie bei ihrer Mutter und ihren Tanten. Traf ihr Blick zufällig auf den jungen Mann, war kaum zu unterscheiden, ob darin mehr Verachtung oder Hass lag.

Jorisse dagegen wirkte niedergeschlagen. Seine Augen waren rot, vielleicht vor Müdigkeit, oder weil er geweint hatte.

»Sie sind frei«, sagte Maigret einfach, während er auf seinen Sessel zuging.

»Wird es in den Zeitungen stehen?«, fragte Monique.

»Ich wüsste nicht, weshalb.«

»Wird meine Mutter davon erfahren?«

»Nicht unbedingt.«

»Und meine Chefs?«

Maigret schüttelte den Kopf. Monique stand erleichtert auf und ging, ohne Jorisse eines Blickes zu würdigen, zur Tür. Die Hand schon auf der Klinke, drehte sie sich noch einmal zu dem Kommissar um und sagte:

»Geben Sie zu, dass Sie das absichtlich getan haben!«

Er nickte nur. Dann wandte er sich seufzend an Jorisse:

»Du bist auch frei.«

Und da der Junge sich nicht rührte:

»Willst du ihr nicht hinterherlaufen?«

Sie war schon auf der Treppe.

»Finden Sie, ich sollte?«

»Was hat sie zu dir gesagt?«

»Sie hat mich einen Idioten genannt.«

»Das war alles?«

»Sie hat noch gesagt, sie verbietet mir, sie je wieder anzusprechen.«

»Und weiter?«

»Nichts. Ich weiß nicht.«

»Du kannst gehen.«

»Was soll ich nur meinen Eltern sagen?«

»Irgendetwas. Sie werden glücklich sein, dich wiederzusehen.«

»Meinen Sie?«

Er musste geradezu hinausgeschoben werden. Er schien noch etwas auf dem Herzen zu haben.

»Nun los, geh schon, Idiot.«

»Bin ich kein Gauner mehr?«

»Ein Idiot bist du! Sie hat schon recht.«

Albert Jorisse wandte den Kopf ab, um sich zu schnäuzen, und murmelte dann:

»Danke.«

Endlich allein in seinem Büro, genehmigte sich Maigret noch einen Cognac.

9

Die Ungeduld des Untersuchungsrichters Coméliau

»Sind Sie's, Maigret?«

»Ja, Herr Richter.«

Es war der übliche tägliche Telefonanruf, und war gerade einer der Mitarbeiter in seinem Büro, pflegte Maigret ihm zuzuzwinkern. Wenn er mit dem hohen Herrn sprach, gab er seiner Stimme einen honigsüßen Ton.

»Wie steht's im Fall Thouret?«

»Es geht, Herr Richter.«

»Finden Sie nicht, die Geschichte zieht sich sehr lange hin?«

»Wissen Sie, bei Raubmord braucht es immer seine Zeit.«

»Sind Sie sicher, dass es sich um einen Raubmord handelt?«

»Sie haben es selbst gesagt, das springt doch ins Auge.«

»Glauben Sie, was Schrameck erzählt?«

»Ich bin überzeugt, dass er die Wahrheit sagt.«

»Und wer hat dann Louis Thouret ermordet?«

»Jemand, der sein Geld wollte.«

»Versuchen Sie, die Sache zu beschleunigen.«

»Selbstverständlich, Herr Richter.«

Aber nichts dergleichen tat er, sondern beschäftigte sich mit anderen Vorfällen, die fast seine gesamte Zeit beanspruchten. Drei Männer, unter ihnen Janvier und der kleine Lapointe, überwachten abwechselnd das Haus in der Rue d'Angoulême rund um die Uhr, und nach wie vor wurde das Telefon abgehört.

Maigret kümmerte sich weder um Madame Thouret noch um ihre Tochter noch um den jungen Jorisse, der wieder ganztägig in der Buchhandlung am Boulevard Saint-Michel arbeitete. Es war, als hätte der Kommissar nie etwas mit diesen Leuten zu tun gehabt.

Die Akte mit den Einbrüchen hatte er seinem Kollegen Antoine übergeben, der Jef alias Fred der Clown alias der Akrobat fast täglich verhörte. Maigret begegnete dem ehemaligen Artisten manchmal auf dem Flur.

»Na, wie geht's?«

»Es geht, Herr Kommissar.«

Es war kalt, aber es regnete nicht mehr. Die Wirtin in der Rue d'Angoulême hatte bisher keine neuen Mieterinnen gefunden, und so waren zwei ihrer Zimmer weiterhin unbewohnt. Da sie wussten, dass das Haus überwacht wurde, trauten sich die übrigen drei Mädchen nicht, ihrer gewohnten Tätigkeit nachzugehen. Sie verließen das Haus kaum, höchstens um in der Nähe etwas essen zu gehen oder beim Metzger etwas einzukaufen. Manchmal ging eine von ihnen ins Kino.

»Was machen die bloß den ganzen Tag?«, fragte Maigret eines Tages Janvier.

»Sie schlafen, spielen Karten oder legen Patiencen. Die eine der drei, die sich Arlette nennt, streckt mir immer die Zunge raus, wenn sie mich durch die Gardine sieht. Gestern allerdings hat sie die Taktik geändert. Sie hat sich umgedreht, ihren Morgenrock hochgehoben und mir ihren blanken Hintern gezeigt.«

Die Marseiller Polizei forschte nach dem Messer. Man suchte nicht nur in der Stadt, sondern auch in den umliegenden Ortschaften. Und man interessierte sich für einen gewissen Kreis von Leuten, die in den letzten Monaten nach Paris gefahren waren.

All das ging ohne Eile und ohne sichtbare Ergebnisse vonstatten. Dabei vergaß Maigret Monsieur Louis keineswegs. Einmal, als er in einer anderen Angelegenheit durch die Rue de Clignancourt kam, ließ er den Wagen vor Léones Laden halten und besorgte sogar ein Stück Cremetorte für die alte Dame.

»Haben Sie noch nichts herausbekommen?«

»Früher oder später wird es so weit sein.«

Maigret sagte der ehemaligen Sekretärin nichts von Monsieur Louis' seltsamer Tätigkeit.

»Wissen Sie, warum er ermordet worden ist?«

»Seines Geldes wegen.«

»Hat er denn so viel verdient?«

»Genug, um ein ganz bequemes Leben führen zu können.«

»Der arme Mensch! Gerade in dem Moment ermordet zu werden, wo es ihm endlich gut ging!«

Monsieur Saimbron besuchte er nicht in seiner Wohnung, aber er begegnete ihm einmal in der Nähe des Blumenmarktes, und sie grüßten einander freundlich.

Eines Morgens endlich kam ein Anruf aus Marseille. Es war ein langes Gespräch. Danach stieg er zur Registratur hinauf, wo er fast eine Stunde in den Karteikarten wühlte. Dann ging er ins Archiv hinunter und hielt sich dort noch einmal so lange auf.

Es war fast elf Uhr, als er in das kleine Auto kletterte.

»Zur Rue d'Angoulême.«

Der kleine Lapointe hatte Wachdienst vor dem Haus.

»Sind alle Damen da?«

»Eine ist unterwegs, macht Besorgungen im Viertel.«

»Welche?«

»Olga, die Braunhaarige.«

Er klingelte. Der Vorhang bewegte sich. Mariette Gibon, die Wirtin, kam in Pantoffeln herangeschlurft und öffnete ihm.

»Sieh einer an! Der Chef persönlich bemüht sich her. Haben sich Ihre Männer da draußen nicht ausreichend die Beine vertreten?«

»Ist Arlette oben?«

»Soll ich sie rufen?«

»Danke. Ich gehe lieber selbst.«

Sie blieb beunruhigt im Flur stehen, während er die Treppe hinaufstieg und an die Tür im ersten Stock klopfte.

»Herein!«

Arlette war wie gewöhnlich im Morgenrock, lag auf dem ungemachten Bett und las in einem Kriminalroman.

»Sie sind's?«

»Ich bin's«, antwortete Maigret, legte seinen Hut auf die Kommode und setzte sich auf einen Stuhl.

Sie schien überrascht und belustigt.

»Ist diese Geschichte denn noch nicht zu Ende?«

»Erst wenn der Mörder gefasst ist.«

»Und Sie haben ihn nicht gefasst? Ich dachte, Sie sind so gerissen. Es stört Sie doch nicht, dass ich im Morgenrock bin?«

»Keineswegs.«

»Sie sind den Anblick ja gewohnt.«

Sie stand zwar nicht auf, hatte sich aber bewegt, sodass der Morgenrock aufklaffte.

Da Maigret keinerlei Notiz davon zu nehmen schien, zischte sie:

»Das ist alles? Mehr Wirkung hat das nicht auf Sie?«

»Was?«

»Mich so zu sehen?«

Da er noch immer keine Miene verzog, verlor sie die Geduld und setzte mit einer unmissverständlichen Geste hinzu:

»Wollen Sie mal?«

»Danke.«

»Danke ja?«

»Danke nein.«

»Nun, mein Lieber, dann eben nicht.«

»Macht es Ihnen Spaß, vulgär zu sein?«

»Werden Sie jetzt auch noch unverschämt?«

Immerhin hatte sie ihren Morgenrock wieder zusammengezogen und sich entfernt von ihm auf den Bettrand gesetzt.

»Was wollen Sie eigentlich von mir?«

»Ihre Eltern glauben, Sie arbeiten noch in der Avenue Matignon, nicht wahr?«

»Was soll das?«

»Ein Jahr lang waren Sie dort im Hutsalon Hélène & Hélène beschäftigt.«

»Na und?«

»Ich frage mich, ob Ihr Vater weiß, dass Sie das Metier gewechselt haben.«

»Geht Sie das etwas an?«

»Ihr Vater ist ein anständiger Mann.«

»Ja, ein alter Knacker.«

»Wenn er von Ihrem Treiben erführe …«

»Wollen Sie es ihm sagen?«

»Vielleicht.«

Diesmal gelang es ihr nicht, ihre Erregung zu verbergen.

»Waren Sie in Clermont-Ferrand? Haben Sie meine Eltern gesehen?«

»Noch nicht …«

Sie sprang auf, stürzte zur Tür, riss sie auf und entdeckte Mariette Gibon, die wohl an der Tür gelauscht hatte.

»Tu dir keinen Zwang an!«

»Kann ich hereinkommen?«

»Nein. Lass mich in Frieden. Und wenn du mir noch einmal nachspionierst …«

Maigret war ruhig auf seinem Stuhl sitzen geblieben.

»Nun?«, fragte er.

»Was heißt, *nun*? Was wollen Sie?«

»Das wissen Sie ganz gut.«

»Nein. Drücken Sie sich deutlicher aus.«

»Sie leben seit sechs Monaten in diesem Haus.«

»Na und?«

»Sie verbringen den größten Teil des Tages hier und bekommen mit, was vorgeht.«

»Reden Sie weiter.«

»Jemand, der sich regelmäßig hier einfand, hat sich seit dem Tod von Monsieur Louis nicht mehr blicken lassen.«

Ihre Pupillen schienen plötzlich ganz klein zu werden. Noch einmal ging sie zur Tür, hinter der diesmal aber niemand stand.

»Dieser Jemand ist jedenfalls nicht zu mir gekommen.«

»Zu wem dann?«

»Das müssen Sie wissen. Ich werde mich jetzt lieber anziehen.«

»Warum?«

»Weil ich mich nach diesem Gespräch besser nicht länger hier aufhalte.«

Sie ließ ihren Morgenrock fallen, diesmal jedoch ohne jede besondere Absicht, zog sich ein Höschen und einen Büstenhalter an und öffnete den Schrank.

»Ich hätte mir denken können, dass das so endet.«

Sie sprach mit sich selbst.

»Sie sind wohl ein ganz toller Typ, was?«

»Es ist mein Beruf, Verbrecher zu verhaften.«

»Haben Sie ihn verhaftet?«

Sie hatte ein schwarzes Kleid angezogen und schminkte sich die Lippen grellrot.

»Noch nicht.«

»Wissen Sie, wer es ist?«

»Sie werden es mir sagen.«

»Sie scheinen sich Ihrer Sache sehr sicher zu sein.«

Er zog aus seiner Brieftasche das Foto eines Mannes um die dreißig mit einer Narbe an der linken Schläfe. Sie warf einen flüchtigen Blick auf das Bild und blieb stumm.

»Ist er das?«

»Sie scheinen es ja zu glauben.«

»Irre ich mich?«

»Wo soll ich so lange hin, bis Sie ihn verhaftet haben?«

»Irgendwohin, wo sich einer meiner Inspektoren um Sie kümmert.«

»Welcher?«

»Welcher wäre Ihnen am liebsten?«

»Der dunkle mit den vielen Haaren.«

»Inspektor Lapointe.«

Wieder auf das Foto zurückkommend, fragte Maigret:

»Was wissen Sie über Marco?«

»Dass er der Geliebte der Wirtin ist. Müssen wir uns unbedingt hier darüber unterhalten?«

»Wo ist er?«

Ohne auf die Frage zu antworten, stopfte sie ihre Kleider und persönlichen Dinge bunt durcheinander in einen großen Koffer. Sie hatte es anscheinend sehr eilig, aus diesem Haus fortzukommen.

»Wir setzen die Unterhaltung draußen fort.«

Und als er sich bückte und den Koffer ergriff, fügte er hinzu:

»Sieh an, Sie können ja doch galant sein.«

Die Tür zu dem kleinen Salon unten stand offen. Mariette Gibon wartete bewegungslos, mit angstvoller Miene, auf der Schwelle.

»Wo gehst du hin?«

»Wohin mich der Kommissar bringt.«

»Ist sie verhaftet?«

Mehr wagte sie nicht zu fragen. Sie sah den beiden nach, trat ans Fenster und schob die Gardine ein wenig zur Seite.

Maigret stellte den Koffer in den Wagen und sagte zu Lapointe:

»Ich schicke jemanden, der dich hier ablöst. Sobald er da ist, kommst du zu uns in die Brasserie de la République.«

»Gut, Chef.«

Maigret gab dem Chauffeur Anweisungen, ohne selbst ins Auto zu steigen.

»Kommen Sie.«

»In die Brasserie de la République?«

»Ja, erst einmal.«

Es war ganz in der Nähe. Sie setzten sich an einen der hinteren Tische.

»Ich muss noch mal telefonieren. Ich rate Ihnen dringend, nicht abzuhauen.«

»Verstanden.«

Er rief im Büro an und gab Torrence Anweisungen. Dann kehrte er zurück und bestellte zwei Aperitif.

»Wo ist Marco?«

»Weiß ich nicht. Als Sie das erste Mal kamen, hat die Wirtin mich bei ihm anrufen lassen. Ich musste ihm ausrichten, dass er bis auf Weiteres weder telefonieren noch herkommen soll.«

»Wann genau war das?«

»Eine halbe Stunde nachdem Sie fort waren. Ich habe ihn aus einem Restaurant am Boulevard Voltaire angerufen.«

»Haben Sie mit ihm selbst gesprochen?«

»Nein. Mit einem Kellner aus der Bar in der Rue de Douai.«

»Name?«

»Félix.«

»Und die Bar?«

»Le Poker d'As.«

»Hat Ihre Wirtin seitdem nichts mehr von ihm gehört?«

»Nein. Sie leidet sehr darunter. Sie weiß schließlich, dass sie zwanzig Jahre älter ist als er. Sie glaubt immer, dass er sich mit jungen Mädchen herumtreibt.«

»Hat er das Geld?«

»Das weiß ich nicht. Er ist an dem Tag gekommen.«

»An welchem Tag?«

»An dem Montag, an dem Monsieur Louis ermordet worden ist.«

»Wann war er in der Rue d'Angoulême?«

»Gegen fünf Uhr. Sie haben sich im Zimmer der Wirtin eingeschlossen.«

»Ist sie in das Zimmer von Monsieur Louis gegangen?«

»Kann sein. Ich habe nicht darauf geachtet. Nach einer Stunde ungefähr ist er gegangen. Ich habe die Tür zuschlagen hören.«

»Hat sie versucht, ihm durch Sie oder eins der anderen Mädchen eine Nachricht zukommen zu lassen?«

»Sie hat angenommen, dass man uns folgen würde.«

»Hat sie vermutet, dass ihr Telefon abgehört würde?«

»Den Trick mit der Pfeife hat sie gleich begriffen. Sie ist sehr schlau. Ich mag sie nicht besonders gern, aber eigentlich ist sie arm dran. Sie ist verrückt nach ihm. Es macht sie krank.«

Der kleine Lapointe stieß zu Maigret und Arlette, die friedlich am Tisch saßen.

»Was trinkst du?«

Lapointe wagte kaum, das Mädchen anzusehen, das ihn lächelnd musterte.

»Dasselbe wie Sie.«

»Du bringst sie in ein ruhiges Hotel, wo es zwei miteinander verbundene Zimmer gibt. Und du bleibst so lange bei ihr, bis ich dir Bescheid gebe. Sobald du die Zimmer hast, rufst du mich an, um mir zu sagen, wo du bist. Es muss nicht weit entfernt sein. Du findest vermutlich Zimmer im Hôtel Moderne, gleich gegenüber. Es wäre gut, wenn niemand sie sieht. Essen soll sie auf dem Zimmer.«

Als sie mit Lapointe das Lokal verließ, wirkte es, als bewachte sie ihn, nicht umgekehrt.

Zwei Tage ging die Suche noch weiter. Jemand – man erfuhr nie, wer – schien Félix, den Kellner aus der Rue de Douai, gewarnt zu haben. Der hatte sich daraufhin bei einem Freund versteckt, wo man ihn erst am Abend des nächsten Tages aufstöberte.

Man musste ihn die halbe Nacht vernehmen, bevor er zugab, dass er Marco kannte, und dessen Adresse herausrückte.

Marco hatte Paris verlassen und sich in einem Gasthof am Seineufer eingemietet. Normalerweise stiegen hier Angler ab, zu dieser Jahreszeit jedoch war er der einzige Gast.

Bevor man ihn überwältigen konnte, feuerte er zwei Schüsse ab, die aber niemanden trafen. Die Banknoten, die er Monsieur Louis gestohlen hatte, trug er am Leib in einem Gürtel. Den hatte wohl Mariette Gibon für ihn genäht.

»Sind Sie's, Maigret?«

»Ja, Herr Richter.«

»Was macht der Fall Thouret?«

»Beendet. Ich schicke Ihnen gleich den Mörder und seine Komplizin.«

»Wer ist es? Es war also ein Raubmord?«

»Ein ganz einfacher Raubmord. Die Inhaberin eines verdächtigen Hauses und ihr Geliebter, ein schwerer Junge aus Marseille. Monsieur Louis war so naiv, sein Geld oben auf dem Spiegelschrank aufzubewahren, und …«

»Was sagen Sie …?«

»… und die beiden wollten ihn daran hindern zu entdecken, dass das Geld nicht mehr da ist. Marco hat das prompt erledigt. Man hat auch den Verkäufer des Messers ausfindig gemacht. Bis heute Abend haben Sie meinen Bericht.«

Das war die schlimmste Arbeit bei der ganzen Geschichte. Maigret schrieb den ganzen Nachmittag daran, mit der Zunge zwischen den Lippen, wie ein Schüler.

Erst am Abend nach dem Essen erinnerte er sich plötzlich an Arlette und den kleinen Lapointe.

»Himmel! Ich hab was vergessen!«, rief er erschrocken.

»Ist es wichtig?«, fragte Madame Maigret.

»Nein, eigentlich nicht. Und jetzt ist es sowieso zu spät. Also hat es Zeit bis morgen. Gehen wir schlafen?«

Shadow Rock Farm, Lakeville (Connecticut),
19. September 1952

MAIGRET
Band M47

Georges Simenon
Maigret und die kopflose Leiche
Aus dem Französischen von Brigitte Große
224 Seiten, Taschenbuch
ISBN 978-3-455-00754-1
Atlantik Verlag

Als zwei Schiffer einen Arm aus dem Canal Saint-Martin fischen und später weitere Leichenteile auftauchen, steht die Polizei vor einem Rätsel. Fest steht, bei dem Toten handelt es sich um einen Mann. Seine Identität allerdings ist unklar, denn der Kopf bleibt verschwunden. Der Zufall führt Maigret schon bei seinem ersten Besuch am Tatort in eine Bar, wo ihm die missmutige Wirtin erzählt, dass ihr Mann seit einigen Tagen verschollen sei – er wollte aufs Land fahren, Wein kaufen. Ist er das Opfer? Wie immer verlässt sich Maigret auf seinen Spürsinn, doch die Uhr tickt, denn Untersuchungsrichter Coméliau drängt auf Verhaftungen.

»Die große Kunst von Georges Simenon: mit ein paar Sätzen eine Stimmung von großer Eindringlichkeit zu erzeugen.«
Anne Goebel, Süddeutsche Zeitung

MAIGRET
Band M18

Georges Simenon
Maigret und die Schleuse Nr. 1
Aus dem Französischen von Hansjürgen Wille,
Barbara Klau und Mirjam Madlung
208 Seiten, Taschenbuch
ISBN 978-3-455-00715-2
Atlantik Verlag

Eine Woche bleibt Maigret, dann geht er in den Ruhestand. Die ist allerdings alles andere als ruhig: Im Pariser Vorort Charenton, nahe der Schleuse Nr. 1, torkelt ein Betrunkener über einen Steg und fällt ins Wasser. Man fischt ihn heraus und entdeckt, dass da noch ein anderer liegt. Schwer verletzt wird der Mann geborgen: Es ist kein Geringerer als Émile Ducrau, der bedeutendste Reeder weit und breit, ein Mann, von dem viele Existenzen abhängen und dessen Charisma auch Maigret erliegt. Wer wollte Ducrau umbringen?

»Das beeindruckende an Simenons Prosa besteht darin, dass es ihm gelingt, mit ganz einfachen und unprätentiösen Sätzen dichte Atmosphären, glaubhafte Charaktere und nicht nachlassende Spannung zu erzeugen.«
Stephan Wackwitz, taz

DIE GROSSEN ROMANE
Band 2

Georges Simenon
Der Passagier der Polarlys
Aus dem Französischen von Stefanie Weiss
192 Seiten, Taschenbuch
ISBN 978-3-455-00805-0
Atlantik Verlag

Schon bevor die Polarlys den in frostigen Nebel getauchten Hamburger Hafen Richtung Norwegen verlässt, beschleicht Kapitän Petersen ein ungutes Gefühl. Er spürt etwas, was die Seemänner den »bösen Blick« nennen, und ahnt, dass diese Fahrt keine gewöhnliche wird. Auch der inkompetente, ihm als Dritter Offizier zugeteilte junge Niederländer gefällt ihm nicht. Noch weniger der gerade aus dem Gefängnis entlassene Rumtreiber, den der Maschinist als Ersatz für den erkrankten Heizer an Bord genommen hat. Tatsächlich lässt das Unheil nicht lange auf sich warten: Schon einen Tag nach Lichten des Ankers wird einer der fünf Passagiere, der Polizeirat Sternberg, ermordet aufgefunden – und an Verdächtigen mangelt es nicht.

»Das Phänomen Simenon – ein heute vielleicht einzigartiges Erzähltalent.«
Jean Améry